인생은 불확실한 일뿐이어서

인생은 불확실한 일뿐이어서

오가와 이토

권남희 옮김

시공사

• 차례 •

일요일의 고요

엄마 이야기

돈 안 들이고 행복해지기

우리 집의 맛

인생은
주사위
놀이

일요일의

고요

직감

일요일을 보내는 법에 눈뜬 것은 베를린에 살면서부터다. 내게 라트비아가 영혼의 고향이라면 베를린은 마음의 고향. 이 글도 베를린에서 쓰고 있다.

2008년, 일 때문에 며칠 베를린에 다녀온 것이 계기가 되어 이 도시와 인연을 맺었다. 베를린에서 지금도 실제로 사용하는 모더니즘 공동주택 단지를 취재하는 일이었는데, 사람들이 너무나 자유롭고 즐겁게 사는 모습이 인상적이었다.

그중에서도 한 여성이 자전거를 타고 상쾌하게 긴 언덕길을 내려오는 모습은 지금도 뇌리에 선명하다. 그 모습을 보는 순간, 이 도시에는 무언가가 있다는 직감이 들었다. 그 후로 걸핏하면 베를린에 갔다. 찰나에 생긴 일이 인생에 커다란 영향을 미쳤다.

베를린에 살며 일요일을 보내는 법이 얼마나 중요한지 알게 되었다.

베를린뿐만 아니라 독일, 나아가서는 유럽이 대부분 그렇지만 일요일에는 가게들이 거의 문을 닫는다. 처음에 가장 놀란 게 그 광경이었다. 분위기로는 완전히 설날 같다. 도시 전체가 고요하다. 사람들은 집에서 몸과 마음을 쉬며, 기본적으로 일요일은 친구나 가족과 조용히 보낸다.

설이 일주일에 한 번씩 돌아온다고 생각하면 이해하기 쉽다. 일본의 일요일과 정반대 모습이다.

나는 이곳에서 보내는 일요일의 고요함이 너무나 편안하다. 가게가 닫혀서 쇼핑은 할 수 없지만 토요일에 해두면 된다. 계획을 잘 세워서 살면 아무런 불편함이 없다.

일요일은 엄마도 아빠도 아이도 휴일. 어느 집에서든 모두 평등하게 가족이 화기애애한 시간을 즐긴다. 그런 시스템이 정착되어 있다. 일요일에 가게가 쉬다니 너무 비경제적인 것 같지만, 긴 안목으로 보면 경제적이 아닌가 싶다.

그래서 일본에 돌아오면 일요일을 어떻게 보내야 할지 당황스럽다. 휴양지에 가기도 하고 백화점에 쇼핑을 가기도 한다. 그러고는 녹초가 되어 있다가 피곤에 절어 월요일을 맞이하고 일주일을 시작한다. 좀처럼 피로가 가시지 않는다. 24시간 편의점도, 심야 늦게까지 영업하는 슈퍼마켓도, 일요일에 문을 여는 백화점이나 레스토랑도 편리하긴 하다. 하지만 그곳에서 일하는 사람들과 가족에게는 모처럼의 휴일인 일요일이 없다.

"휴일 시작!" 하고 모두 같이 쉬면 효율도 좋고, 한 주일을 보내는 데 큰 원동력이 될 텐데.

이렇게 해서 나는 일요일을 좋아하게 되었다. 다음 일요일이 오기를 목을 길게 빼고 기다린다.

나만의 규칙

어느 주말, 근처 카페에 갔더니 평소에는 잘되던 와이파이가 되지 않았다. 가게 사람에게 물어보았더니 웃으면서 칠판을 가리켰다. 거기에는 "No Wi-Fi on weekend!"라고 적혀 있었다. 그렇다, 주말에는 일부러 인터넷을 못 하도록 한 것이다.

모처럼 주말에 컴퓨터나 스마트폰만 보지 말고 친구와 얘기도 하고 하늘도 보며 맛있는 것을 먹으라는 가게의 메시지 같다. 그런 유머가 통하는 베를린에 나는 한 표를 던지고 싶다.

와이파이가 되지 않는 이유에 감동을 받았는데 알고 보니 온 나라가 그런 방향으로 움직이고 있다고 해서 놀랐다. 요컨대 평일 오후 6시 이후와 주말에는 업무 메일을 금지한다고 한다. 언젠가 그런 것도 필요한 시대가 오지 않을까 생각했지만 법률로 지정하다니 대단하다.

독일 사람들은 아주 능숙하게 평일과 주말을 구별하여 생활한다. 평일에는 성실하게 일하고 주말에는 확실하게 일을 떠난다. 대체로 금요일 오후부터 사람들이 들뜨기 시작한다. 대중교통도 금요일과 토요일만큼은 밤새 운행해서 차편을 걱정하지 않고 즐길 수 있다. 그리고 일요일은 느긋하게 쉬면서 조용히 보낸다.

나도 이를 본받아서 평일과 주말을 딱 나누어서 생각하게 되었다. 평일인 월요일부터 금요일 오전까지는 일, 즉 글쓰기에 전념한다. 주말인 금요일 오후부터 친구를 만나고 외식을 하는 등 즐겁게 보내며 에너지를 흡수한다.

그런 식으로 사는 동안 조금씩 나만의 규칙이 생겼다. 먼저 평일에는 사람을 만나지 않는다, 일정을 잡지 않는다, 내 발로 걸어갈 수 있는 범위에서만 활동한다. 대신 금요일 오후에는 담당 편집자와 미팅을 하거나 인터뷰하는 시간으로 보낸다. 토요일은 사적인 시간으로 쓴다. 영화를 보러 가거나 남편과 외식하거나 친구를 불러서 함께 식사를 하거나. 일요일은 기본적으로 집에서 보내며 다음 한 주일을 기분 좋게 보내기 위해 몸 관리를 한다.

나만의 규칙을 만드니 일이 원만하게 풀렸다. 회사에 출근하거나 육아로 한창 바쁠 때라면 하고 싶은 대로 하는 것이 어려울지도 모른다. 그러나 주말에는 업무 메일을 보지 않는 등, 가능한 범위에서 독자적인 규칙을 만들어두면 좀 더 살기 편해진다. 무리하면 그만큼 주름살이 생기니 나는 되도록 무리하지 않는 것을 신조로 살고 있다.

멀리 가지 않더라도

베를린 아파트 근처에 맛있는 빵집이 있다. 동네에서 유명한 빵집이다. 월요일부터 금요일까지는 아침 7시부터 저녁 7시까지, 토요일은 아침 7시부터 오후 3시까지 열려 있고, 일요일은 휴일이다. 묵직한 독일식 빵부터 샌드위치나 달콤한 쿠키까지 다양해서 항상 손님이 끊이지 않는다. 아침에 가면 갓 구운 빵을 만날 때도 있다. 그럴 때면 말로 표현할 수 없이 행복하다.

빵집 옆에는 맛있는 소시지와 햄을 파는 가게도 있다. 가게 문을 열면 향긋한 훈제 향이 확 풍긴다. 대부분 무게로 팔아서 필요한 만큼 살 수 있다. 생햄과 살라미 두께도 조절해 주니 용도에 맞추어 살 수 있다.

나는 그곳에서 종종 베이컨을 사는데, 종이처럼 얇게 썰어 달라고 주문한다.

한번은 남편이 가게에 들어간 동안 개와 함께 밖에서 기다리고 있었다. 주인이 안으로 들어오라고 손짓하기에 들어갔더니 햄을 맛보게 해주었다. 인정이 넘치는 가게다.

꽃집도 있다. 꽃집은 퍼뜩 떠오르는 것만 해도 근처에 세 군데나 있다. 그중에서 가장 허름하고 무뚝뚝한 여성이 주인인 곳에서 살 때가 많다. 소박한 가게로 세련된 감은 없지만 싱싱한 꽃을 무심히 진열해 놓았다. 언젠가 그 무뚝뚝한 주인과 독일어로 세상 사는 얘기를 할 수 있게 되면 좋겠다.

그 주변에는 주방용품을 파는 가게와 문구점도 있다.

필요한 가게는 대체로 다 있다. 일부러 멀리 나가지 않아도 쇼핑을 할 수 있어 기쁘다. 맛있는 케이크 가게와 아이스크림 가게도 근처에 있다.

생선이 먹고 싶을 때는 근처 광장에서 일주일에 한 번 열리는 마켓에 간다. 그곳에 가면 숯불로 구운 생선을 먹을 수 있다. 임비스imbiss라는 간이 매장 문화가 발달한 독일에는 소시지 등을 파는 간이 매장이 여기저기 있어서, 싼값으로 가볍게 먹을 수 있는 데다 맛있기까지 하다. 봄이 되면 귀여운 딸기 모양으로 만든 손수레에서 딸기만 파는 간이 매장도 보인다.

물론 대형 슈퍼마켓도 있지만 개인 가게도 공존한다. 나도 되도록 내 입에 들어가는 것은 개인 가게에서 사려고 한다. 그 편이 안심이 되고 좋은 물건을 구입할 수 있다.

다만 아무리 큰 슈퍼마켓이어도 일요일은 휴일이다. 카페나 아시아계 레스토랑은 일요일에 문을 여는 곳도 있지만 기본적으로 휴일이다. 모두 같이 쉬는 일요일은 한가롭고 기분 좋은 기운이 흐른다.

손글씨

일요일 아침, 근처 카페에서 카푸치노를 마시며 편지를 읽었다. 독자에게 온 편지다. 《츠바키 문구점》이 나온 이후로 편지가 부쩍 많이 온다.

편지를 읽으면서 늘 생각하지만 백 명이면 백 가지 필체가 있는 것 같다. 같은 사람이 쓰는 글씨여도 몸 상태나 심리 상태에 따라 시시각각으로 바뀌고, 아침과 낮과 밤에도 미묘하게 달라진다.

젊은 시절에 쓴 글씨와 나이가 든 후에 쓴 글씨는 같은 사람 글씨여도 상당히 다르다. 글씨체는 평생 따라다니는 지문 같다.

초등학교 저학년 때는 연필을 꼭 쥐고 한 글자 한 글자 또

박또박 썼다. 연필이 닿는 오른손 중지 부분에 펜 혹이 생겨서 그곳만 살이 매끈매끈했던 기억이 난다. 하지만 어느새 펜 혹도 없어졌다. 최근에는 펜을 잡는 일 자체가 좀처럼 없다. 고작 선거 때 정도일까. 그래서 손글씨로 쓴 편지를 받으면 기쁘다.

나는 편지를 좋아해서 비교적 자주 쓰는 편이지만 최근에는 메일로 용건을 끝내는 경우가 많아졌다.

메일은 확실히 편리하다. 그러나 보내기 버튼을 누른 순간부터 답장을 기다리는 태세가 되어 마음이 안정되지 않는다. 인터넷만 연결되면 어디에 있어도 메일을 보낼 수 있고 바로 답장을 받을 수 있다.

이런 시대라 더 편지가 좋다. 편지를 보내는 상대한테 어울리는 편지지를 고르고 필기구를 고르는 것이 즐겁다. 어떤 우표를 붙일지 고민하는 것도 편지의 묘미다.

그리고 직접 우체통에 넣는다. 그것이 사람에게서 사람에게로 바통처럼 넘겨져서 상대의 우편함까지 간다. 상대방에게 언제 도착할지도 확실하지 않고 상대가 언제 읽을지도 모른다. 하물며 답장이 언제 올지는 더욱 알 수 없다. 어쩌면 답장이 오지 않을지도 모른다. 그 모호함이 좋다.

편지에는 정성이든 시간이든 마음이 담겨 있어서 푸근하다.

봉투를 뜯으면 그 사람의 주변 공기가 후욱 피어오른다. 그 순간이 미치도록 좋다. 한 글자 한 글자 마음을 담아서 쓴 손글씨와 문체로 그 사람을 상상하는 것도 즐겁다. 시대의 흐름으로 보자면 편지는 비효율적일지도 모른다. 그러나 세상에서 편지가 없어지면 얼마나 멋없고 적막해질까.

각종 청구서와 광고물 더미에서 손글씨 편지를 발견하면 누구라도 기분이 날아갈 것 같지 않을까.

이웃의 택배를 맡다

베를린에 지내면서 가끔 이웃사람들의 짐을 맡을 때가 있다. 이를테면 택배 기사가 택배를 배송하러 왔는데 받는 사람이 부재중인 경우, 같은 아파트에서 집에 있는 사람을 찾아 택배를 맡기고 간다. 그리고 그 내용을 적은 메모를 문에 붙여둔다. 택배 주인은 메모를 보고 이웃집에 가서 택배를 찾아온다.

나도 마침 부재중일 때 일본에서 보내온 교정지가 도착한 적이 있다. 어디로 갔을까, 하고 걱정했는데 나중에 같은 아파트 주민이 가져다주었다.

일본에서도 예전에는 그런 일이 예사로 있지 않았을까. 하지만 지금은 있을 수 없는 일이 되었다. 신뢰 관계가 없으면 불가능한 시스템이다.

만약 반드시 본인에게만 건네야 한다면 택배 기사는 같은 아파트에 또 와야 한다. 그 일로 불필요한 노동력이 든다. 그러나 조금씩 가능한 범위에서 서로 이해하고 도우니 택배 기사의 부담을 덜 수 있었다. 이 정도의 여유는 참 좋다고 생각한다.

일본의 택배 시스템은 확실히 편리하다. 촘촘하게 배송 시간을 지정할 수 있고 반드시 본인에게 전달한다. 지금 내가 보낸 물건이 어떤 상황에 있는지도 바로 알 수 있고, 식품도 냉장이나 냉동으로 포장해서 간단하게 보낼 수 있다.

도쿄에 있을 때는 우리 집에도 거의 날마다 택배가 왔다. 정말로 감사한 일이다. 무거운 짐을 나르지 않아도 되고 쇼핑도 가능하다. 나는 상당히 택배에 의존하여 살고 있다.

하지만 택배를 배송하는 쪽은 몹시 힘들 것 같다. 휴대전화는 계속 울리고 항상 시간에 쫓긴다. 연말연시여서 모두 쉬고 있을 때, 택배 기사님들은 밤늦게까지 배송을 하러 다니는 것이 특히 안쓰럽다.

적어도 한 해의 마지막 날이나 설날만이라도 택배를 쉴 수 없을까 생각하지만 그런 태평스러운 소리만 하고 있을 수 없는 시대이리라. 나도 택배 시스템의 혜택을 받고 있어서 모순이란 건 안다.

독일에서 오래 산 일본인 친구가 이런 내 생각에 반론했다. 역시 자기 앞으로 오는 물건은 제대로 책임을 갖고 자택까지 배송해 주었으면 좋겠다고 했다. 간혹 짐이 무겁기라도 하면 애초에 받는 사람 집의 초인종을 누르지 않고 아래층 주민에게 맡기고 가는 경우도 있다나…….

어느 쪽이 좋은지 솔직히 나는 잘 모르겠다.

자유와 의무

베를린에 개를 데리고 갔다 왔다고 하면 다들 눈이 동그래진다. 그리고 "비행기에 태워도 괜찮았어요?" 하고 꼭 묻는다.

유럽 항공사의 경우 개나 고양이와 같은 반려동물을 기내에 데리고 탈 수 있다. 물론 모든 반려동물이 가능한 것은 아니고 이동장 크기와 무게에 제한이 있다.

2017년 여름에 내가 이용한 루프트한자 항공은 이동장과 반려동물 무게의 합이 8킬로그램을 넘지 않으면 수화물로 취급하여 주인과 함께 객실에 탈 수 있었다.

기내에서는 앞자리 좌석 아래에 이동장을 넣고 공항에 도착할 때까지 밖으로 꺼내면 안 된다. 비행 중에는 식사를 주지 않고 물은 코를 적셔주는 정도에 그친다.

출발 전, 장시간 이동장에 들어가 있는 연습을 해서인지 원래 느긋한 성격이어서인지 우리 집 개는 별로 동요하는 모습은 보이지 않았다.

반려동물 출입국 서류를 준비하는 것이 힘들었고, 개가 아무리 태연해 보여도 몸에 부담은 있을 것이다. 장시간 비행기를 태우다니 주인이 이기적이라는 의견도 있다. 하지만 일본에 돌아와서 역시 함께 다녀오길 잘했다고 생각했다.

베를린은 개에게 너무나 친절한 도시다. 이동장에 넣지 않고 버스나 전철을 탈 수 있고, 대부분의 카페나 레스토랑에도 같이 갈 수 있다.

다만 그러기 위해서는 개나 주인이나 제대로 훈련을 받아서 매너를 익히는 것이 중요하다. 확실하게 매너를 익혀야 개의 권리도 보장받을 수 있다. 그런 경험을 한 것이 올여름 최대의 수확이었다.

어느 주말, 교외에 있는 숲으로 개를 데리고 나갔다. 개를 키우는 베를린 사람들이 주말이면 슬슬 모이는 곳이라고 했다. 넓디넓은 숲 안에 호수가 있고, 호숫가 여기저기에서 개와 사람이 어우러져 한가로운 시간을 보냈다.

어떤 사람은 나무 그늘에서 낮잠을 자고 어떤 사람은 개와 함께 물놀이를 즐긴다. 개들은 대부분 목줄을 빼고 마음 맞는 개들끼리 신나게 뛰어놀았다. 어떤 개나 웃는 얼굴이다. 그야말로 개들의 파라다이스다.

평소에는 사람이 만든 규칙을 따르느라 고생한 개들에게 주말만큼은 본연의 모습으로 돌아가서 마음껏 스트레스를 발산하게 한다. 과연 독일이다. 자유와 의무의 균형이 절묘하다.

일본에도 이런 환경이 마련되어 있으면 좋을 텐데. 베를린에 머무는 동안 몇 번이나 그런 생각을 했다. 언젠가 일본에서도 반려동물을 이동장에 넣지 않고 전철을 타게 되기를 꿈꾸어본다.

커다란 목표

베를린에 장기 투숙한 것이 벌써 여러 번이지만 지금까지 언어의 벽을 느낀 적은 거의 없었다. 말이 통하지 않아도 즐거웠고 짧은 영어로도 소통이 돼서 별로 곤란한 일은 없었다.

상황이 바뀐 것은 2016년 여름. 처음으로 반려견을 독일에 데려가면서였다.

개와 함께 걷다 보면 사람들이 곧잘 말을 걸어온다. 아마 아주 간단한 내용으로 "몇 살이에요?", "수컷? 아니면 암컷?", "이름이 뭐예요?" 같은 질문일 거라고 추측한다.

그런데 그런 간단한 질문에조차 대답하지 못해 거기서 대화가 끊기는 현실에 절망했다. 짧은 대화라도 나눌 수 있다면 세상이 더 넓어지고 친구도 더 많이 생길 텐데……. 그 사실을 깨닫고 나니 더욱 언어의 벽에 갇힌 느낌이었다.

처음으로 베를린에서 고독감을 맛본 것이다. 처음치고 참 오랜 시간이 걸렸지만.

여기서 내게는 두 가지 선택지가 있었다. 하나는 깨끗하게 베를린을 졸업하는 것. 그리고 다른 하나는 제대로 독일어를 배워서 베를린과의 관계를 더욱 돈독히 하는 것. 바꿔 말하면 전자는 소극적으로 방어하는 자세고 후자는 적극적으로 공격하는 자세다. 자, 어떻게 할 것인가. 고민한 끝에 나는 공격법을 선택했다. 더 힘든 길을 가기로 마음먹은 것이다.

40대에 큰 목표가 생겼다. 앞으로 내가 어디서 어떤 식으로 살아갈지는 모르겠지만 일본을 떠나 인생의 한 시기를 살아보는 것도 좋지 않을까. 그러면 일본을 더 객관적으로 볼 수 있고, 지금까지 당연하다고 생각해서 미처 느끼지 못한 멋진 면도 보게 될지 모른다. 다만 소설 쓰는 사람으로 끝날 게 아니라 사람으로서 살아가는 힘이랄까, 인간적으로 더 깊은 맛이 나는 사람이 되고 싶다.

그런 이유로 나는 베를린에서 독일어를 배우기 위해 어학원에 다니고 있다. 일단은 숫자를 세고, 단어를 외우고, 바르게 발음할 수 있도록 해야 한다. 독일어가 모국어인 사람이 보면 아직 한 살짜리 아기와 마찬가지, 혹은 한 살 이하의 수준에서 헤매고 있다. 길은 끝없이 멀고 목표 지점은 보이지 않는다. 그래도 한 걸음씩 앞으로 나아가야 할 것이다.

수업은 평일 아침 8시 반부터 오후 1시까지로 상당히 빡빡하다. 도중에 배가 고프면 공부를 할 수 없기 때문에 아침 시간에 여유가 있으면 도시락을 싸 간다. 어제까지 몰랐던 가게 앞 벽보의 의미를 오늘은 읽을 수 있을 때면 그것만으로 폴짝폴짝 뛸 정도로 기쁘다.

독일어 수업

노트를 들고 걸어가면서 공부한 것이 몇 년, 아니 몇십 년 만인지. 마치 중학교나 고등학교 시험 전날 같다. 그러나 그만큼 공부하지 않으면 수업을 따라가지 못한다. 예습과 복습을 죽도록 해야 간신히 지금 뭘 공부하고 있는지 이해할 수 있다. 물론 수업은 모두 독일어로 한다.

반 친구들은 베네수엘라, 멕시코, 브라질, 페루, 미국, 아제르바이잔, 터키, 러시아, 이탈리아, 일본 등 전 세계 다양한 나라에서 왔다. 직업도 다양하여 학생이나 뮤지션, 엔지니어, 과학자, 의사, 심리학자, 저널리스트, 건축가 등 폭넓다. 모두 나름의 목적이 있어서 독일어 공부에 열을 올리고 있다.

선생님은 아주 상냥한 여성이다. 어학원은 선생님에 따라서 운이 갈린다고 들었는데 그런 면에서는 행운이었다. 교재대로 가르치는 게 아니라 학생들에게 어떻게 하면 살아 있는 형태 그대로 독일어를 가르칠까 생각하면서 수업을 진행한다. 처음에는 다섯 시간이 넘는 수업 시간 동안 제대로 집중할 수 있을까 불안했지만, 꼼짝 않고 의자에 앉아 수업을 받는 게 아니어서 의외로 눈 깜짝할 사이에 시간이 지났다.

8시 반부터 90분 동안 수업이 진행되고 30분 쉬는 시간이 있다. 다시 90분 수업을 하고 그다음에는 15분의 짧은 쉬는 시간이 있다. 그리고 마지막에 45분 수업을 하고 하루 수업이 끝난다. 그것이 월요일부터 금요일까지 계속된다.

만약 누군가가 우리를 위에서 내려다본다면 상당히 웃길 것이다. 거의 유치원이나 다름없다. 나이를 먹을 만큼 먹은 사람들이 더듬거리는 독일어로 이름을 말하고 상대의 취미를 묻는다.

어떨 때는 2인 1조가 되어 작은 봉지에 든 젤리를 받아 들고 한 사람은 교실 밖에 나가서 기다리고, 다른 한 사람은 교실 어딘가에 젤리를 숨긴다. 그런 다음 젤리를 어디에 숨겼는지 독일어로 질문하면서 찾는 놀이를 한다. 얼핏 놀이처럼 보이지만 실제로 어떤 독일어 표현을 쓰면 좋은지 몸으로 깨우칠 수 있다.

흔히 독일어는 배우기 어려운 언어라고 하는데 정말로 그렇다. 나도 아직 독일어가 합리적인지 비합리적인지조차 모른다. 느낌으로는 아주 난해한 수학 같은 이미지다. 법칙을 이해하면 풀 수 있을 테지만 그러기 전까지는 무슨 소리인지 모른다. 그러나 어렵다고 생각하면 더 어려워질 테니, 지금은 굳이 독일어는 간단하다고 스스로 세뇌하고 있다.

개들의 인사

이 얘기를 하면 놀라겠지만 독일과 일본에서는 개들끼리 인사하는 법이 다르다. 그래서 우리 집 강아지 유리네도 처음에는 그 차이에 당황했다.

간단히 말하면 독일은 길을 걸을 때 개들끼리 인사를 잘 시키지 않는다. 주인도 개도 그렇게 배워서 개들이 스쳐 지나갈 때 어지간히 끌리지 않으면 서로 냄새를 킁킁거리는 일이 없다. 새침하게 각자 갈 길을 간다.

일본에서는 근처에 개가 있으면 개들끼리 다가가게 해서 인사를 시킨다. 물론 주인과 개의 성격에 따라 다르지만, 나는 상대 주인이 친절하다고 느꼈을 때는 선 채로 개들끼리 놀게 했다. 유리네는 개를 무척 좋아하니 조금이라도 개와 어울리게 해주고 싶었다. 그래서 저편에서 개가 다가오면 유리네도 신나서 다가간다. 때로는 개들의 만남이 견주들의 수다로 발전하기도 한다.

그런 일이 독일에서는 별로 없다. 그래서 유리네는 개들을 만나지 못해 스트레스가 쌓인다. 하지만 잘 생각해 보면 길에서 개들끼리 서로 얽히는 것은 위험하다. 다른 통행인에게 폐를 끼칠 수도 있고 뒤에서 자전거가 올지도 모른다. 아마 그런 이유로 길을 걸을 때는 개들끼리 인사를 시키지 않는 것 같다.

그래서 스트레스가 쌓인 개들을 위해 너른 공원이나 도그런 같은 곳에 목줄 없이 마음껏 놀게 한다. 개들이 노는 동안 사람은 그 안에 들어가지 않는다. 어디까지나 개들끼리 마음대로 놀게 내버려둔다. 온과 오프의 구분이 그야말로 독일답다.

어느 쪽이 좋은가 나쁜가 하는 얘기가 아니라 사고방식의 차이이다. 유리네는 상당히 골치 아픈 규칙의 차이에 당혹스러워하고 있다.

2016년 여름, 베를린에서 도쿄로 돌아왔을 때에도 유리네는 언어의 벽으로 고민하는 귀국 자녀처럼 한동안 산책을 가도 걷지 않았다. 유리네로서는 겨우 독일 생활에 익숙해진 참이었을 것이다. 환경의 차이가 그렇게까지 개한테 영향을 미칠 줄은 상상도 하지 못해서 놀랐다. 작은 몸으로 환경의 변화를 민감하게 느끼고 있었던 것이다.

유리네는 일본과 독일, 어느 쪽이 체질에 맞을까. 배변패드나 의류 등이 충실하고 품질이 좋은 쪽은 일본이지만, 양질의 도그 푸드가 있는 쪽은 독일이다. 그 차이는 사람이 개를 어떤 존재로 생각하는가의 차이이기도 하다.

재미있는 것은 독일에서는 개를 키우는 데 세금을 낸다. 세무서에서 가정에 개가 몇 마리인지 다 파악하고 있다. 개를 키우는 데도 권리와 의무를 다해야 한다.

평일의 포상

월요일부터 금요일까지 어학원에 다니다 보니 정말 하루가 눈 깜짝할 사이에 끝나고 한 주일이 지나고 한 달이 끝난다. 좋아하는 음악을 들으면서 여유롭게 식사를 하던 일이 꿈만 같다. 지금은 음악 들을 여유도 없을 뿐만 아니라, 요리하는 것조차 만만치 않다. 예습과 복습하는 것만으로도 바빠서 좀처럼 시간이 없다. 설거지할 틈이 있으면 단어를 외우고 싶은 마음이 절실하다.

이런 생활을 하다 보니 하루하루가 너무 단조롭게 지나간다. 그래서 일주일 내내 요일마다 나에게 포상을 주기로 했다.

먼저 월요일. 월요일은 한 주의 시작이고 앞으로 5일 동안 어학원에 다녀야 하니 달달한 것으로 에너지를 보급한다. 그래서 월요일은 케이크의 날. 전에는 일요일을 케이크의 날로 정했지만, 일요일은 그 외에도 즐거운 것들이 많이 있으니 월요일로 옮기기로 했다. 월요일에는 학원에서 돌아오는 길에 좋아하는 가게에서 좋아하는 케이크를 먹는다.

화요일은 온천의 날이다. 실제로 온천에 가는 건 아니고 욕조에 물을 받아놓고 거기다 진흙을 풀어서 온천 기분을 맛보는 것이다. 베를린에 사는 일본인 친구가 알려준 진흙은 질이 정말 좋아서 일본 온천에 들어간 느낌이다. 외국에 오래 있으면 일본 온천이 무진장 그리워지는데 이것만 있으면 베를린에서도 온천 기분을 낼 수 있다. 평소에는 천천히 씻을 여유도 없으니 적어도 일주일에 한 번은 느긋하게 욕조에 들어가서 몸을 쉬게 하고 싶다. 나는 이걸 베를린 온천이라고 부른다.

수요일에는 초저녁에 요가를 하러 간다. 이웃 아파트에서 뜰 하나 지나면 바로 있다. 줄곧 요가를 하고 싶다고 생각하며 주위를 찾아보았지만 설마 이렇게 가까이에 있을 줄이야. 레슨은 영어로 해서 영어 공부도 되고 일석이조다.

목요일에는 태국 마사지 예약을 해놓는다. 베를린에는 태국인이 많은데, 마사지사도 태국에서 온 사람으로 아주 명랑하다. 나머지 하루만 열심히 하면 주말이니 이쯤에서 한 주의 피로를 달래자는 계획이다.

그리고 기다리고 기다리던 금요일. 오후 1시, 모든 수업을 마쳤을 때의 해방감이란 말로 다 할 수 없다. 큰 소리로 만세를 외치고 싶은 기분이다.

금요일은 생선의 날이다. 금요일마다 근처 광장에서 열리는 마켓에 생선을 숯불에 구워주는 간이 매장이 있어서 마음껏 먹는다. 밖에서 와인에다 생선을 먹는 호사를 누리며 일주일치 수업을 이겨낸다.

숲길 걷기

이번에는 주말 보내는 법을 써보기로 한다.

토요일 아침에는 평소보다 천천히 일어난다. 평일에는 알람 시계를 켜놓고 일어나기 때문에 주말에는 푹 잔다. 일어나면 일단 차분하게 차를 마신다. 그리고 오전에는 일을 한다. 평일에는 독일어 공부만으로도 힘에 부쳐서 원고를 쓰거나 교정지를 보는 것은 토요일에 한꺼번에 한다.

토요일 오후에는 일부러 아무 일정도 잡지 않는다. 친구들을 만나 식사를 하거나 쇼핑을 하는 등 그때그때 날씨와 기분에 따라서 다르다. 독일어 공부를 쫓아가지 못했을 때는 도서관에 가서 보충을 할 때도 있지만 되도록 하지 않으려고 한다.

밤에는 집에서 요리를 만든다. 평소의 울분을 떨쳐내듯이 주방에 선다. 토요일에 한꺼번에 만들어두지 않으면 먹을 것이 아무것도 없다. 미소시루도 매번 준비할 여유가 없어서 일주일에 한 번 육수를 만들고 미소도 풀어놓은 상태로 보관해 둔다. 거기에 매일 채소 등을 넣어서 끓여 먹는다.

밥도 한꺼번에 해서 주먹밥을 만들어 한 덩어리씩 랩에 싸서 냉동한다. 그렇게 해두면 먹고 싶을 때 오븐에 야키오니기리(주먹밥을 구운 것—옮긴이)를 해 먹을 수 있다. 배추나 순무는 절임을 해둔다. 베를린에서 누카도코(쌀겨나 밀겨를 가볍게 볶아 소금물과 섞어 발효시킨 것. 겨된장—옮긴이)를 만들고 있어서, 누카즈케(채소를 소금으로 절인 뒤 누카도코에 재워서 만든 장아찌—옮긴이)도 담근다. 내게는 요리가 가장 좋은 스트레스 해소법이다.

일요일은 유리네를 데리고 숲에 가는 날이다. 〈자유와 의무〉 편에서도 썼지만, 베를린 남서에 그뤼네발트라는 광대한 숲이 있다. 곳곳에 호수가 있고 호수 주변에서 개들이 자유롭게 뛰어논다. 이 숲과 호수는 베를린에서 개를 키우는 사람들에게는 천국 같은 곳이어서 주말이 되면 다들 우르르 개를 데리고 온다.

나도 일요일의 숲길 걷기를 거를 수 없게 되었다. 특히 싱그러운 아침의 숲은 사방에서 새소리가 들려와서 상쾌하기 그지없다. 내가 어학원에 다니니 유리네도 혼자 집을 보느라 스트레스가 쌓였을 터, 일요일의 숲길 걷기는 내게도 유리네에게도 훌륭한 기분전환이 된다. 목줄을 하지 않은 유리네는 마음껏 달리기도 하고 다른 개와 놀기도 한다.

숲속 걷기의 마무리는 맥주다. 숲속 레스토랑의 나무 그늘에서 맥주 한잔 마시는 것이 내 최대의 행복이다. 이렇게 주말은 빠르게 지나간다.

날씨에 따라서 토요일과 일요일의 일정이 바뀔 때도 있지만 이것이 내가 주말을 보내는 법이다. 다음 주에도 숲에서 맛있는 맥주를 마실 수 있도록 한 주일 또 열심히 살아야지.

한낮의 트럼프

독일어 공부를 해보니 휴식에 관한 표현이 아주 풍부했다. 특히 휴가를 의미하는 우어라우프Urlaub는 상당히 초기에 배운 단어였다.

독일에서는 유급휴가가 한 해에 평균 30일 정도라고 들었다. 이것은 병가와는 별개로 순수하게 재충전하는 데 사용할 수 있는 휴가다. 그래서 회사에 다니는 사람이어도 한 달쯤 긴 휴가를 잡는 일이 예사라고 한다.

어학원에서도 선생님이 여름휴가에 들어가서 다른 선생님으로 바뀌는 일은 흔하다. 쉴 때는 쉬고 일할 때는 일한다. 성실하게 일하기 위해서는 제대로 된 휴가가 필요하고, 결과적으로 그편이 효율이 좋다는 말일 것이다. 놀 때는 확실히 놀고 일할 때는 확실히 일하는 독일 방식에 한 표를 던지고 싶다.

일본의 여름은 해마다 더위가 심해지는 것 같다. 아침에 출근하는 시점에서 이미 등에 땀이 줄줄 흐르고 그것만으로 체력을 소모한다. 밤에도 기온이 떨어지지 않아서 쉽게 잠을 잘 수 없다. 그러니 점점 피로가 쌓인다. 그럴 때는 차라리 무리해서 회사에 가지 말고 재택근무를 하거나 장기 휴가를 얻어서 재충전하는 편이 합리적이라고 생각한다. 하지만 독일의 근무 방식을 적용하지 못하는 사정도 있을지 모르겠다.

독일에서는 장시간 회사에 있는 것이 절대 평가의 대상이 되지 않는다는 말도 종종 들었다. 평가는커녕 오히려 감점 대상으로, 기본적으로는 휴일 출근도 잔업도 있을 수 없다는 것. 시간 내에 얼마나 효율성 있게 일을 마치는가가 중요하며, 일이 끝나면 사적인 시간이니 회사 동료와 한잔하러 가는 일도 없다고 한다. 말을 듣고 보니 정말로 그런 모습은 본 적이 없다.

주말이 되면 아이들과 함께 걸어가는 아버지의 모습을 흔히 본다. 아빠들끼리 유모차를 밀거나 아기를 안고 함께 외출하는 모습도 종종 본다. 일본에서도 육아하는 남성이 조금씩 늘고 있지만, 내 개인적인 느낌으로는 독일 남성이 훨씬 적극적인 인상이다. 그게 가능한 것도 주말에 사적인 시간을 온전히 확보할 수 있기 때문이리라.

요전에 카페에서 차를 마시고 있는데 옆자리에 아버지와 아들이 앉았다. 아버지는 50대 후반, 아들은 10대 후반쯤 됐을까. 두 사람은 즐겁게 트럼프를 했다. 일요일 한낮에 일본에서는 좀처럼 보지 못할 광경이다.

독일에 있으면 아버지라는 존재가 일본보다 크게 느껴질 때가 많다. 어릴 때부터 아버지와 보낸 시간이 길면 자연스럽게 그렇게 되는 걸까. 보기 좋은 부자였다.

라트비아 여행

주말에 라트비아에 다녀왔다. 요즘 내가 가장 사랑하는 나라라고 해도 과언이 아니다. 라트비아에는 지금까지 세 번 다녀왔는데 모두 취재차 간 것이어서 통역과 차량까지 딸린 고급스러운 여행이었다.

문득 개인적으로 여행을 가도 즐거울까 의문이 들었다. 그래서 라트비아는 처음인 남편을 꼬여서 한번 떠나보았다. 이번에는 리가의 구시가에 숙소를 예약했다. 대성당 옆의 아담한 호텔로 전부터 묵어보고 싶었던 곳이다.

이번 여행의 첫 번째 목적은 유유자적. 이것도 하고 저것도 하고, 여기도 가고 저기도 가고, 하는 욕심을 부리지 않기로 했다. 기껏 간 여행인데 지치면 의미가 없다. 그래서 여행할 때야말로 평소 신던 편한 신발과 평소 입던 편한 옷으로 간다. 지치지 않을 정도로 마을을 걷고 레스토랑에서 식사를 즐긴다. 일정은 너무 빽빽하게 잡지 않고 조금 여백이 있는 정도가 적당하다.

어디에 가도 그렇지만 나는 별로 관광을 하지 않는다. 참고로 기념사진도 찍지 않는다. 아름다운 풍경을 만나면 사진으로 남기고 싶긴 하지만 거기에 내 모습을 넣고 싶지는 않다.

유일하게 이번 여행에서 사고 싶었던 것이 있다. 라트비아 소시지와 베이컨이다. 육가공품은 독일이 본고장이라고 생각했는데 라트비아의 소시지와 베이컨을 만난 이후 생각이 바뀌었다. 보존을 위해 확실하게 훈제를 하는데 그 기술이 훌륭하여 다른 데서 맛볼 수 없는 독특한 맛이 난다. 옛날부터 전해오는 제조법으로 만든 라트비아의 대표 음식이다. 라트비아인에게 좋아하는 음식을 물으면 대부분 소시지와 베이컨이라는 대답이 돌아온다.

시장에 가면 훈제한 가공식품을 파는 가게가 몇 군데 있다. 큰 덩어리 상태로 훈제해서 한 덩어리가 엄청나게 크다. 당연히 묵직하다. 베이컨 한 덩어리가 5킬로그램은 예사로 나간다. 소시지도 어른 팔뚝만 한 길이로 이것도 한 개 사면 3킬로그램 전후. 소시지와 베이컨을 샀으니 여행 목적은 거의 달성했다.

일요일에는 유글라 호수 언저리에 있는 야외 민속박물관에 다녀왔다. 이곳은 광활한 소나무 숲으로 라트비아 전 국토에서 옮겨 온 오래된 민가가 드문드문 있다. 시민들의 휴식처이기도 하여 여름에는 숲길 걷기를, 겨울에는 스키나 얼음낚시를 즐긴다. 이날은 '빵의 날'이어서 갓 구운 소박한 검은 빵을 맛볼 수 있었다. 시간에 쫓기지 않고 하이킹을 즐기며 유유자적하게 보낸 일요일이다.

그뤼네발트 역에서

어느 주말, 그뤼네발트 역에서 내려 출구로 나가는데 트럼펫 소리가 들렸다. 개 목줄을 잡고 걸어갈수록 트럼펫 소리는 점점 커졌다. 그러나 누가 부는지 모습은 보이지 않았다.

나도 아는 유명한 곡이었다. 연주를 잘하는지 못하는지는 모르겠지만 좀 더듬거리는 것이 오히려 애수가 느껴졌다. 트럼펫을 부는 이는 흑인 아저씨일까, 멋대로 상상하면서 들었다.

출구가 가까워지자 사람들이 조금 모여 있는 게 보였다. 소리는 그 안에서 흘러나왔다. 트럼펫을 들고 있는 것은 뜻밖에도 소년이었다. 열 살이나 열한 살쯤 되었을까. 옷도 제대로 차려입고 동전 통까지 앞에 두고 연주를 하고 있다. 동전 통에는 꽤 많은 동전이 모였다.

실은 이런 광경이 그리 드문 것도 아니다. 전에도 어느 여자 아이가 길에서 바이올린을 연주하고 있었다. 연주하는 사람에게서 느껴지는 긴장도 비장함도 없이 담담하게 악기를 들고 있었다. 용돈을 벌려는 것일지도 모른다. 이 얘기를 하면 일본인들은 대부분 눈이 동그래진다. 확실히 일본에서는 좀처럼 볼 수 없는 광경이다.

비슷한 일이 또 있다. 요전에 동네를 걷는데, 몇몇 아이들이 집 앞에 돗자리를 깔아놓고 장난감과 인형 등을 팔고 있었다. 파는 사람이 어린이니 사는 사람도 어린이다. 더 이상 필요 없다고 바로 처분하는 게 아니라 제대로 책임을 갖고 필요한 사람에게 넘긴다. 게다가 소액이지만 돈이 발생하는 것은 참 좋은 일이라고 생각한다.

길거리 공연이든 벼룩시장이든 어릴 때부터 경제관념을 키우고 돈을 버는 유사 체험을 하면 아이들의 자립에 도움이 되지 않을까. 언제까지고 귀에 맴도는 트럼펫 곡은 조르지 벵이 작곡한 〈마스 케 나다Mas que nada〉였다.

그뤼네발트 역과 조금 떨어진 곳에 이제는 사용하지 않는

화물용 17번선 플랫폼이 있다. 제2차 세계대전 중 유대인들을 특별열차에 실어 강제수용소로 보낸 곳이다. 언제 어느 수용소로 몇 명이 보내졌는지 기록된 강철판이 남아 있다. 이런 부채의 유산인 홀로코스트 흔적은 일상생활 곳곳에 있어서 어른부터 아이까지 과거의 잘못을 이어받고 있다.

이것도 역시 일본에서는 별로 보지 못한 광경이다.

어른들의 소풍

슈프레발트는 독일과 폴란드 국경 근처에 펼쳐진 넓은 숲이다. 베를린 중심부를 흐르는 슈프레강의 지류가 수로가 되어 숲속을 종횡무진 달린다. 그 수로를 '칸'이라고 하는 작은 보트를 타고 도는 투어가 재미있다고 들어서 주말에 친구들과 가보았다.

멤버는 나와 남편 외에 어학원에서 만난 일본인 부부와 일본에서 휴가를 즐기러 온 내 담당 편집자, 이렇게 다섯 명으로 당연하지만 모두 어른들이다.

베를린에서 직행열차로 한 시간 남짓 걸리는 뤼베나우 역에서 내렸다. 당일치기 여행으로 딱 좋은 거리다. 독일인들 사이에서는 상당히 인기 있는 곳이지만 일본에는 아직 그리 알려지지 않아서 숨은 명소라고 들었다.

전철을 타고 바로 주먹밥을 먹었다. 아침에 밥을 해서 인원수에 맞게 만들어 온 것이다. 남편이 일본에서 구워서 가져온 자반연어를 잘게 으깨서 참깨와 머위조림과 같이 밥에 섞었다. 먹기 좋게 조그맣게 만들어서 아무 때나 먹을 수 있도록 한 개씩 랩에 쌌다.

유감스럽게도 날씨는 그리 좋지 않았다. 창 너머로 가랑비가 내렸다. 뤼베나우까지 갔다가 비가 많이 오면 돌아오면 된다고 사전에 얘기했다. 그런 여유가 있는 것도 교통비가 싸기 때문. 베를린과 브란덴부르크주를 왕복하는 1일 자유 승차권 그룹 티켓을 샀다. 가격은 31유로로 5명까지 승차 가능하다. 1인당 6유로 남짓으로 왕복할 수 있다는 계산이 나온다. 독일에는 이렇게 저렴한 승차권이 많다.

뤼베나우 역에는 폴란드어 역명도 함께 적혀 있었다. 슈프레발트에는 슬라브계 소수민족인 소르브인이 많이 살고 있어서 같은 독일이지만 독자적인 언어와 문화를 가지고 있다. 겨우 한 시간 전철을 타고 나갔을 뿐인데 베를린의 경치와는 완전히 달라서 입이 절로 벌어졌다. 그야말로 작은 여행이다.

선착장에서 드디어 보트가 출발했다. 선장이 뱃머리에서 노 한 자루를 저으며 간다. 불필요한 설명 없이 고요함을 즐기는 보트 투어다. 날씨도 그럭저럭 버텨줘서 배를 타고 기분 좋게 삼림욕을 즐겼다. 새들의 지저귐과 물소리에 귀를 기울이고 있으니 점점 호흡이 깊어졌다. 베를린에서는 맛볼 수 없는 정적과 싱그러움이다.

한 시간 남짓 시간이 생겨서 레스토랑에 들어가 점심을 먹었다. 슈프레발트는 오이피클이 유명하다고 해서 모두 먹어보았다. 단 한 시간 전철을 타는 것만으로 이렇게 즐거운 시간을 보낼 수 있다니!

차분한 어른들의 소풍도 꽤 운치 있었다.

크리스마스 마켓

독일에서 보내는 첫 번째 겨울. 당연히 크리스마스 마켓도 처음이어서 마치 관광 온 사람처럼 여러 마켓들을 돌아다녔다.

독일의 크리스마스 마켓은 11월 말쯤 시작되어 크리스마스 전후까지 열린다. 그 기간 동안 매일 가게가 열리는 마켓도 있고 주말만 열리는 곳도 있다. 한 해에 한 번, 딱 이틀만 열리는 마켓도 있어서 오늘은 어디로 가볼까 하고 계획을 짜는 것이 즐겁다.

다만 비가 자주 오는 시기이니 날씨에 신경을 많이 써야 한다. 추운 건 어떻게든 참을 수 있지만 비는 고생스럽다. 비보다는 차라리 눈이 내리는 게 좋지만 뜻대로 되는 건 아니어서 기껏 먼 마켓까지 갔다가 비를 맞고 서글픈 마음으로 돌아오는 일이 충분히 있을 수 있다.

그래서 최고의 크리스마스 마켓 날씨다 싶으면 모두 같은 생각을 하는지 무척 붐빈다. 전통 나무 장난감을 파는 가게, 스웨터나 장갑, 모자 등 방한용품을 파는 가게, 청소를 좋아하는 독일인답게 청소 솔 파는 가게 등 어느 가게에나 사람들이 복작복작하다.

검소한 독일인도 이때만큼은 지갑 끈이 느슨해지는지 기쁘게 쇼핑을 즐긴다. 손에는 대부분 글루바인이라는 따뜻한 와인이 담긴 머그잔이 들려 있다.

아이들의 즐거움은 오로지 이동식 놀이공원이다. 회전목마나 트램펄린, 사격 등 하나같이 한 시대 전의 놀이기구 같은 소박함이 반갑다. 화려하지는 않지만 멋스러운 느낌을 낸다.

물론 먹을 것을 파는 곳도 많다. 소시지뿐만이 아니라 피자나 햄버거, 수프 등 다양하다. 요전에 간 이웃의 크리스마스 마켓에서는 일본인 커플이 크로켓을 팔고 있었다. 보자마자 먹고 싶어져서 그 자리에서 바로 사 먹었다. 마치 일본에서 사 먹는 기분이었다. 크로켓은 독일인에게도 큰 인기를 끌었다.

Glühwein

당일치기로 몇 군데 마켓을 돌면서 뭔가 익숙한 분위기인데, 하고 생각했더니 일본의 엔니치(원래는 신사에서 공양을 올리는 젯날이지만 오늘날에는 신사에 온갖 노점이 열리고 축제 같은 분위기다—옮긴이)와 비슷했다. 동양과 서양이라는 차이는 있지만 거기에 떠도는 것은 소박한 그리움이고, 사소한 비일상의 공기감이다. 일본의 엔니치가 밤에 어울리듯이 독일의 크리스마스 마켓도 단연코 밤이 아름답다. 오후 3시 반쯤이면 이미 어둑해져서 긴긴 밤을 즐겁게 보낼 수 있다.

1년 중 가장 해가 짧고 추운 시기에 예수 탄생을 축하하는 것은 정말로 멋진 배려라고 생각한다.

베를린의 12월 31일

일본의 설은 언제부터 그렇게 분주해졌을까. 어렸을 때, 설 연휴 3일은 대부분 가게가 휴일이어서 1월 4일이 되어야 첫 쇼핑을 할 수 있었던 걸로 기억한다. 지금은 설날부터 가게를 여는 곳이 많아서 여느 주말과 다를 바 없다.

다 그렇다고 할 수는 없지만 독일은 12월 중순이 지나면 도시 전체가 조용해진다. 회사도 연휴가 시작되는 곳이 많고 아이들도 겨울방학에 들어간다. 귀성하는 사람도 많은지 전철이 텅 빈다. 사람들도 어딘가 여유로워서 일본의 연말 같은 황망함은 느껴지지 않는다.

서양에서 크리스마스가 특별한 행사인 것은 물론 알고 있었지만 실제로 겪어보니 그 대단함은 상상을 초월했다. 이곳에서 크리스마스는 가족과 함께 조용히 보내는 날이었다.

어린 시절을 돌이켜보면 크리스마스의 즐거움은 오로지 크리스마스 케이크였다. 올해는 어느 제과점 케이크로 할지 가족끼리 의논해서 커다란 케이크를 잘라 먹는 것이 기쁨이었다. 그런 분위기는 지금도 다르지 않아서 크리스마스가 다가오면 어느 가게나 세련된 크리스마스 케이크 전단까지 만들어서 예약을 받기도 한다.

그런 광경이 당연하다고 생각했다. 문득 궁금해서 의식적으로 제과점을 들여다보았으나 독일에는 크리스마스 케이크가 따로 있지는 않은 것 같다.

그래도 독일의 전통 과자인 슈톨렌은 있어서 12월에 들어설 무렵부터 조금씩 눈에 띄기 시작하지만, 일본처럼 너도나도 사려 몰려가는 모습은 보이지 않는다.

크리스마스는 정말로 조용했다. 도시 전체가 정적에 감싸이고 맑은 공기만 가득 찼다. 저마다 가족과 함께 따스한 시간을 보내고 있음이 전해지고, 나도 그 은혜를 듬뿍 받은 느낌이었다. 문제는 12월 31일. 베를린의 시끄러움은 장난이 아니었다. 여기서도 폭죽, 저기서도 폭죽, 소란이 새벽까지 이어졌다.

1년 중 이 시기만큼은 폭죽을 사는 것이 허락되어 집 베란다에서 마음대로 폭죽을 날린다. 밖에도 걸어 다닐 수 없을 만큼 위험하고 시끄러워서 정말 두 손을 다 들었다. 게다가 새해 벽두부터 도로는 쓰레기 산이다.

크리스마스든 설날이든 조용히 보내고 싶은 나는 어떻게 하면 좋을까.

엄마

이야기

달걀말이

엄마는 요리에 관심이 없는 사람이었다. 평소 식사는 거의 할머니가 준비했다. 그래도 엄마는 매일 아이들과 남편 도시락을 만들고, 휴일에는 커다란 냄비에 니코미소바(닭 육수로 끓인 메밀국수—옮긴이)를 끓여주었다. 시간을 들이지 않고 재빨리 만들 수 있는 이 요리는 엄마의 주특기였다.

엄마는 요리를 특별히 잘하지 않았지만 달걀말이는 참 잘했다. 길이 잘 든 프라이팬에 굽는 엄마의 달걀말이는 달콤하고 폭신하고 부드러웠다. 나는 지금도 엄마처럼은 달걀말이를 만들지 못한다. 아마 앞으로도 평생 만들지 못할 것이다.

내 도시락에는 거의 매일 달걀말이가 들어 있었다. 아침에 일어나면 부엌에서 엄마가 달걀을 굽고 있다. 따끈따끈한 달

갿말이를 도마에 올려 식칼로 써는데 나는 그때 나오는 달걀말이 꽁다리를 정말 좋아했다. 엄마 바로 뒤에서 손을 내밀어서 몇 번이나 혼났는지.

엄마는 양쪽 꽁다리를 항상 작은 접시에 담아서 아침 반찬으로 주었다. 도시락으로 먹는 달걀말이는 식었지만 아침에 먹는 꽁다리는 따듯하고 부드러웠다. 꽁다리를 먹는 것은 가족 중에서도 나뿐이라는 사실에 의기양양한 기분이 들었다.

지금 생각해도 엄마에게 미안한 일이 있다. 고등학교 때, 엄마와 싸우고 너무 화가 나 도시락을 엄마 눈앞에서 버린 적이 있다. 그때 바로 반성했고, 지금도 너무 심한 짓을 했다고 가슴 아프게 생각한다.

나는 철이 들 무렵부터 반항기였다. 눈앞의 엄마를 보며 '저렇게는 되지 말아야지' 하고 본보기를 삼았다. 나는 엄마를 정말로 싫어했다. 만약 내게 자식이 있는데 내 자식이 그런 식으로 나를 싫어한다면 살아갈 수 없을 거라고, 나라면 절대로 견딜 수 없다고 확신할 만큼 엄마를 혐오했다.

요전에 집 근처를 걷고 있는데 같은 맨션 주민이 딸의 손을 잡고 가고 있었다. 나와 같은 세대일까. 평소 같으면 길에서 스쳐 지날 때 인사를 하지만, 그녀는 딸과 노래를 부르고 있어서 나를 보지 못했다. 두 사람은 손을 잡고 정말로 즐겁게 걷고 있었다.

나도 저렇게 웃는 얼굴로 엄마를 보았던 시절이 있었을까. 부디 있었기를. 철이 들었을 무렵부터 반항기였지만 그 전에는 나도 엄마를 그렇게 바라보았고, 엄마가 나를 낳길 잘했다고 생각한 시간이 있었기를 바란다.

비록 나는 기억하지 못하지만 그 일말의 희망에 기대를 걸어본다.

샹송

도쿄의 하늘은 그렇게 맑았는데 요네자와로 향하는 언덕으로 들어서자 시야가 전부 설경으로 바뀌었다. 보란 듯이 하늘에서 눈이 내렸다. 마치 과거의 잘못과 오물을 필사적으로 지우려는 것처럼 느껴졌다.

친정이 있는 야마가타에 엄마 문병을 가는 길이었다. 아마 이번이 마지막 만남이 될 것이다. 사연이 있어서 부모와는 거의 연락을 끊고 지냈다. 그렇게 할 수밖에 없는 상황이었다. 몇 년에 걸친 침묵을 깬 것은 엄마에게 암이 발견된 뒤부터였다. 아버지도 가벼운 인지증을 앓고 있었다.

엄마는 나를 낳은 병원에 다시 입원했다. 말기 암으로 다른 곳에도 전이되어 언제 쓰러져도 이상하지 않은 상태라고 했다. 병실을 들여다보니 엄마가 침대에 누워 있었다. 나를 보고 "어쩐 일이야?" 하고 눈이 동그래졌다. 최근 엄마에게도 인지증 증세가 나타나기 시작했다.

파란만장한 인생이었다.

엄마는 어린 내게 살아가는 데 필요한 것은 사랑이 아니라 돈이라고 주장하고, 해마다 크리스마스에 1만 엔짜리 지폐를 봉투에 넣어서 주는 사람이었다.

나는 그런 엄마에게 반발하여 엄마의 말과 행동을 반면교사로 삼으며 자랐다. 엄마는 감정의 기복이 심해서 자기가 하는 말은 언제나 절대적이고, 그마저도 어제와 오늘이 완전히 달랐다. 엄마는 한번 분노의 스위치가 켜지면 감정을 억누르지 못하고 아이에게 폭력을 휘둘렀다. 나는 그 억지에 언제나 이를 악물고 참았다. 엄마 때문에 나의 반골 정신이 다져졌다.

그런 엄마가 기저귀를 차고 약하디약한 모습으로 누워 있다. 엄마는 정말로 모든 것을 잃었다. 그런 엄마가 내가 타고 갈 신칸센을 걱정하며 빨리 돌아가라고 작은 소리로 속삭였다.

"고마워, 고생 많았지. 효도하지 못해서 미안해."

내 뺨을 엄마의 뺨에 대고 그동안 하지 못한 말을 어렵게 했다. 살아 있는 동안에 아슬아슬하게 전했다.

이번 생의 이별을 마치고 나와서 예전에 엄마와 함께 갔던 카페에 들어갔다. 어머니날(일본은 어머니날과 아버지날이 따로 있다—옮긴이)이나 엄마 생일이면 용돈으로 케이크를 사줬던 곳이다. 가게는 그대로였고 여전히 샹송이 흘렀다.

언제나 엄마와 마주 앉던 구석진 테이블석에 혼자 앉아서 밀크티를 마셨다. 눈이 본격적으로 내리기 시작했다. 돌아오는 길에 주인에게 물었더니 가게가 생긴 지 33년이 지났다고 한다. 33년 전 나는 엄마를 좋아했는데…….

가게를 나와서 우산도 쓰지 않고 철철 울며 눈 속을 걸었다. 다행히 늦지 않았다는 생각과 후회를 해도 해도 끝이 없는 안타까움이 나를 옥죄어왔다.

도쿄에 돌아오니 세 시간 전의 눈보라가 거짓말처럼 하늘이 깨끗하게 개어 있었다.

달이 아름다운 밤이었다.

뺨

몸이 약해지고 홀쭉해진 엄마를 보고 처음으로 엄마가 사랑스럽게 느껴졌다. 사랑스럽고 사랑스러워서 내 두 팔로 꼭 안아주고 싶어졌다.

엄마는 일을 했다. 시간이 불규칙한 일이어서 때로는 밤중에 직장에 가야 했다. 그런 날은 근무표에 '초저녁부터'라고 쓰여 있었다.

어린 내게 '초저녁부터'는 공포 그 자체였다. 초저녁부터 엄마가 나간다는 것은 학교에서 돌아왔을 때 엄마가 집에 없다는 말. 그러면 한참 나중에야 엄마를 볼 수 있다. 엄마가 초저녁부터 일하는 날 집을 나가는 시간은 오후 4시쯤이다. 그 시간에 학교 있을 때면 포기가 되지만 그렇지 않을 때는 신경 쓰여서 견딜 수 없었다.

그날은 정말로 아슬아슬했다. 초등학교 1학년이었던 나는 학교가 끝나는 것과 동시에 달려 나왔다.

그냥 걸어서 집에 가면 엄마를 절대로 만나지 못한다. 나는 책가방 속 내용물들이 시끄럽게 울리는 소리를 들으며 무아지경으로 달렸다. 달리고 달리고 달려서 숨을 헐떡거리며 집에 도착했는데 엄마 차가 없을 때의 절망을 지금도 어제 일처럼 기억한다. 말도 없이 나를 버려두고 간 것이 가슴 아팠다.

엄마는 근무 시간에 따라서 한밤중에 귀가할 때도 있었다. 초등학생 때, 엄마와 나는 교환일기를 썼다. 노트에 그날 있었던 일이나 그림을 그려두면 엄마가 답장을 써서 돌려주었다. 아침에 일어나서 노트를 펴보는 것이 내게는 큰 즐거움이었다.

어느 날 밤에 문득 잠에서 깬 적이 있다. 엄마가 내 뺨에 당신의 뺨을 대고 있었다. 늘 그랬는데 내가 몰랐던 것인지, 아니면 그날따라 그랬는지는 모른다. 엄마는 내가 그 사실을 알고 있다는 걸 모르지만 그 기억은 나를 오랫동안 지탱해 주었다.

이번 생에서 이별하기 전에 나도 엄마한테 같은 걸 했다. 처음으로 만져본 엄마의 뺨은 보드라워서 갓 찧은 떡 같았다. 내가 엄마의 애정을 원했던 것처럼 엄마도 내 사랑을 받고 싶었을 것이다. 엄마가 나를 사랑해 주길 바라고 바랐지만, 재주 없는 엄마는 잘 전하지 못하고 자기 마음과는 반대로 행동해서 나와의 거리를 점점 멀어지게 했다.

엄마가 암이 걸렸다는 걸 안 후, 나는 내가 이 사람의 부모라고 마음을 바꾸었다. 나는 이제 엄마한테 애정을 원하지 않는다. 엄마에게 사랑받지 않아도 살아갈 수 있다. 지금은 그저 엄마라는 존재를 고스란히 사랑스럽게 느낀다. 애정을 받는 쪽에서 쏟는 쪽으로 돌아서니 마음이 편해졌다.

엄마도 누군가에게 사랑받지 않았을까, 지금은 그렇게 생각한다.

거짓말을 하다

마흔이 넘을 때까지 나는 엄마한테 쫓기는 꿈을 꾸고는 신음했다. 이유는 확실하다. 어린 시절, 엄마는 도망가는 나를 쫓아와서 때렸다. 그때의 공포가 지금도 몸과 마음 깊이 새겨져 있다.

엄마가 나를 때린 이유는 정말로 사소한 것이었다. 유치원생에게 초등학생 수준의 수학과 한자 문제지를 풀게 하고 틀리면 뺨을 때렸다. 도망치면 쫓아와서 때렸다. 어린 나는 언제나 큰 소리로 울고 있었다. 아이들은 아무리 해도 체력적으로 어른을 이길 수 없다. 아이에게 부모는 절대적인 존재이고, 그 이외의 선택지는 상상할 수도 없다. 어린 시절의 나는 불합리함을 안고 살고 있었다.

몸이 성장할수록 엄마의 폭력에서 나를 보호할 수 있게 되었지만, 언제 엄마의 분노 스위치가 켜질지 몰라 늘 오들오들 떨었다. 어른이 되어도 그 공포는 사라지지 않았다.

내가 다니던 초등학교에서는 매일 일기를 써서 선생님에게 검사를 받았다. 하지만 "오늘도 엄마한테 맞았습니다"라고 쓸 수는 없었다. 가정에 폭력이 있다는 것은 어린 마음에도 비밀로 해야 한다고 생각했다. 내가 폭력을 당하고 있다는 것을 쉽게 남들에게 말할 수 없었다.

일상 이야기를 그대로 쓸 수 없는 나는 일기에 창작이나 시를 써서 얼버무렸다. 논픽션은 쓸 수 없으니 창작으로 채운 것이다. 그래서 나는 공공연히 거짓말하는 기술을 익혔다. 일기를 읽은 선생님이 칭찬해 주었다. 나는 선생님의 감상이 기뻐서 열심히 일기를 지어 썼다.

결과적으로 그것이 내 글쓰기의 원점이 되었다. 글을 쓰는 동안 나는 현실을 잊고 자유로워질 수 있었다.

만약 내가 평온한 가정에 태어나서 자랐더라면, 엄마가 폭력을 휘두르는 사람이 아니었더라면 지금 이렇게 글을 쓰며 살아갈 수 있었을까. 감히 작가는 되지 못했을 거다. 내게 쓰는 힘을 준 사람은 엄마다. 그것이 엄마에게 받은 가장 큰 선물이다.

최근 1년 정도 엄마에게 쫓기는 꿈을 꾸지 않았다. 최근에 꾼 것은 엄마가 내 작품을 원작으로 한 드라마 촬영 현장에 간식으로 앵두를 들고 나타난 꿈이었다. 꿈속에서 나는 엄마가 현장에 와 있다는 걸 알았지만 쫓아내지는 않았다. 엄마는 조금 떨어진 곳에서 흥미로운 듯 촬영 현장을 구경하고 있었다.

다음 생에서 다시 엄마와 딸로 만나고 싶진 않지만 뭐, 이웃 사람 정도로 만나서 잘 지내면 좋으려나.

최종 시험

가끔 아주 사이좋게 얘기하는 엄마와 딸을 본다. 서로 존경하고, 엄마는 딸을 자신의 소유물로 여기지 않고 거리를 유지한다. 그런 딸과 엄마를 보면 정말로 부럽다. 참 좋겠다고 진심으로 생각한다.

나와 엄마의 관계는 항상 투쟁이었다. 때로 심하게 부딪치고 때로 무시하며 간신히 버텨왔다. 나는 빨리 집을 떠나고 싶었고 빨리 결혼해서 가정을 갖고 싶었다. 내게는 돌아갈 곳이 없다는 사실을 비교적 일찍부터 자각해서 자립심이 굳건하게 자란 것 같다. 그런 의미에서 엄마는 아주 좋은 부모였다고 할 수 있을지도 모른다.

어째서 이 사람이 부모일까, 하는 막연한 의문이 생긴 것은

1년쯤 전의 일이었다. 자식은 부모를 고를 수 없다. 뽑기 같은 것이다. 좋은 부모에 당첨되면 럭키지만, 그렇지 않은 경우 아이는 몹시 고통을 당한다.

의문이 커진 나는 어느 날 큰맘 먹고 점쟁이에게 찾아갔다. 생년월일, 태어난 시간과 장소로 점을 친다고 했다. 원래 점을 그리 믿지 않지만 그때는 지푸라기에라도 매달리고 싶은 마음이었다. 뭐든 좋으니까 내가 태어난 핑곗거리라도 찾고 싶었다.

점쟁이는 전생에 내가 엄마에게 진 빚이 있다고 했다. 그런가, 전생에 나는 엄마에게 도움을 받았나. 전생에 그랬다고 하니 할 말이 없다. 그대로 납득하고 말았다. 그렇다면 엄마가 내 부모여도 어쩔 수 없을지 모른다고. 점쟁이는 또 지금의 어려움은 내 혼을 최종 시험하는 거라고 얘기해 주었다. 만약 이 시험에 합격한다면 내 혼은 윤회하는 일 없이 인간을 졸업하게 될 거라고.

좋았어, 하고 나는 마음속으로 브이를 그렸다. 늘 사람으로 살아가는 건 힘들구나, 생각했다. 그러나 이 난관을 돌파하면 졸업할 수 있다.

물론 점이어서 사실인지 아닌지는 모른다. 그러나 설령 사실이 아니더라도 그렇게 생각하는 것만으로 내게는 구원이었다. 나는 점쟁이의 말에 마음이 편해져서 엄마와의 문제를 조금씩 받아들이게 되었다.

무엇보다 지금 신에게 테스트를 받고 있다고 생각하게 된 것이 수확이었다. 그때 점쟁이에게 찾아가지 않았더라면 나는 아직도 끙끙거리며 괴로운 날을 보내고 있었을 것이다.

엄마를 보낸 지금, 나는 어려운 수학 문제를 풀고 난 뒤의 심경이다. 절대 만점이라고는 할 수 없지만 그래도 합격점은 되지 않을까.

원피스

엄마는 암이 발견된 뒤 항암 치료를 했지만, 효과를 보지 못하고 결국 퇴원해서 시설로 옮겼다. 도저히 짐 정리를 못 하겠다고, 와서 도와주면 좋겠다고 엄마가 부탁했다.

엄마가 시설로 옮길 짐은 대부분 필요 없는 것들이었다. "이거 필요해?" 하고 일일이 확인하면서 몇십 년 전의 것으로 보이는 속옷과 옷 들을 하나둘 쓰레기통에 버렸다. 시설에서 사용할 만한 것은 몇 벌의 옷뿐이었다.

그렇게 정리를 하다 나온 원피스. 초록색과 파란색 바탕에 부용꽃이 그려져 있다. 학교에서 참관수업이 있거나 가족끼리 외식할 때 엄마는 곧잘 그 원피스를 입었다. 엄마한테 아주 잘 어울리는 옷이었다. 그것만 입고 있으면 엄마의 표정이 밝아졌다.

"이건 어떻게 할래? 남겨둘 거야? 아니면 버려?"

그렇게 물었더니 엄마는 잠시 눈이 부신 듯한 얼굴을 하고 원피스를 바라보았다. 그리고 "또 그걸 입고 외출하면 좋을 텐데" 하고 목멘 소리로 말했다. 아마 오는 여름까지 엄마의 몸은 버티지 못할 테고 버틴다 해도 입고 나갈 일이 없을 것이다.

"그럼 필요 없네. 버리자."

나는 그렇게 말하고 원피스를 뭉쳐서 쓰레기통에 쑤셔 넣었다. 엄마는 눈물을 닦았다. 점심 먹으러 나가고 싶다, 온천에 가고 싶다, 그런 작은 소원도 결국은 들어주지 못했다.

엄마가 죽었다는 소식을 들었을 때 제일 먼저 뇌리를 스친 것은 그 원피스였다. 어째서 버렸을까. 원피스를 입혀서 보내주었으면 좋았을 텐데, 하고 나의 세심하지 못함을 후회했다.

엄마에게 도저히 물어보지 못한 것이 있다. 그토록 돈만 있으면 행복해질 수 있다고 호언장담하던 엄마였는데 과연 지금도 그렇게 생각하는지. 엄마는 자기가 원하는 대로 살아서 행복했는지, 인생을 후회하지는 않는지 줄곧 궁금했다.

거의 의식이 몽롱한 엄마한테 물었다.

"엄마 인생은 행복했어?"

그러자 엄마는 희미하게 웃으며 고개를 끄덕였다. 그런 엄마가 대단하다고 생각했다. 괴로운 일도 많았을 텐데 그래도 자신의 인생은 행복했다고 말할 수 있으니.

예쁜 저녁놀이 진 하늘을 보면 나는 어김없이 엄마의 화장한 얼굴이 떠오른다. 한참 동안 외출복을 입은 적 없는 엄마가 마지막에는 새 옷을 입고 예쁘게 화장을 하고 제일 좋아하는 꽃에 둘러싸였다. 그런 평온한 표정을 띤 엄마를 나는 거의 본 적이 없었다. 영원한 잠에 든 엄마는 정말 선하고 아름다웠다.

보물

엄마와 마지막으로 통화를 한 것은 마흔세 살 내 생일날이었다. 시설에서 온 전화였다. 한동안 전화가 없어서 이제 걸지 않으려나 보다 생각했는데 엄마는 내 생일을 정확히 기억하고 있었다.

"생일 축하한다. 못된 엄마여서 정말로 미안했어. 사과할게."

엄마의 말에 나는 "괜찮아" 하고 대답했다. 어떤 면에서 그건 사실이었다. 하지만 엄마가 그 사실을 인정하고 사과해 준 것으로 충분히 만족했다.

그다음 전화가 걸려왔을 때 나는 전화 소리를 듣지 못했다. 부재중 전화에 엄마의 메시지가 남아 있었다. "다음에는 어떤 작품을 쓰니? 잘 쓰렴." 힘없는 목소리였다. 엄마에게서 지금까지 그런 말을 한 번도 들은 적이 없어서 깜짝 놀랐다. 반사적으로 메시지를 지워버렸다. 남겨둘 걸 그랬다고 또 후회하고 있다.

지금까지 어느 에세이나 인터뷰에서도 엄마 얘기를 제대로 한 적이 없었다. 내게 엄마 이야기는 금기여서 길바닥에 생긴 물웅덩이처럼 나는 언제나 그곳을 피해 갔다.

아마 엄마는 당신의 이야기를 써주길 바랐던 게 분명하다. 내가 가족에 대해 언급하는 것은 항상 할머니뿐. 할머니는 엄마의 엄마이고, 할머니 역시 엄마 때문에 많이 운 사람 중 한 명이다. 나는 할머니와 보낸 시간이 길어서 가족이라고 하면 제일 먼저 떠오르는 것은 할머니뿐이다.

그런 내가 엄마 이야기를 쓰고 있다. 엄마의 사십구재가 끝날 때까지 엄마 이야기를 쓰기로 마음먹었다. 그동안에는 아직 혼이 세상을 떠돌고 있을 테니 어쩌면 엄마도 이 글을 읽을지 모른다. 이것은 내 나름대로 생각한 공양이다.

엄마와 이번 생의 이별을 한 후, 나는 슬프고 또 슬퍼서 어쩔 줄 몰랐다. 애써 감정이 없는 사람처럼 있지 않으면 나도 모르는 사이 눈물이 쏟아져서 멈추지 않았다. 나는 평소 손수건이란 걸 전혀라고 해도 좋을 정도로 사용하지 않지만, 그때는 손에 손수건이 없으면 곤란해서 항상 갖고 다녀야 했다.

그 후, 메일함을 정리하는데 '보물'이라고 이름 붙인 폴더에서 10년쯤 전에 엄마가 보내준 메일이 백 통 가까이 나왔다. 나도 잊고 있었던 것이어서 깜짝 놀랐다.

거기에는 내가 미처 보지 못한 엄마의 모습이 있었다. 우리에게도 좋은 시절이 있었다. 지금은 그 사실에 감사하며 살아간다. 소중한 추억이 없어졌다고 한탄할 게 아니라 지금 손바닥에 남아 있는 것을 소중하게 여기며 살아가야지. 엄마도 아마 그러길 바라고 있을 것이다.

우울한 날

이날이 올 때마다 우울한 기분이 들었다. 어머니날이다. 진심으로 순수한 마음을 담아 엄마한테 카네이션을 준 날은 셀 수 있을 정도다. 카네이션은 내게 세상의 관습을 떠맡기는 듯한 기분이 드는 꽃으로 어머니날이 올 때마다 왠지 복잡한 기분이 들었다.

엄마가 자식을 사랑하고 자식도 엄마를 사랑하는 것은 이상적이다. 물론 나도 그러고 싶었지만 현실적으로 그렇게 될 수 없었다.

엄마와의 충돌이 무엇이 그렇게 괴로웠는가 하면, 충돌 자체도 괴로웠지만 그 이상으로 사실을 주위에 말할 수 없는 것, 이해받을 수 없는 것이 힘들었다.

좋은 부모를 만난 사람은 부모가 자식에게 상처를 입힌다는 것을 상상조차 못 하는 것 같다. 하지만 현실에는 자식을 예사로 상처 입히는 부모가 있다. 사건까지 가진 않더라도 일상생활 속에서 의식적, 혹은 무의식적으로 자식의 마음을 다치게 하고 치명상을 입히는 부모들이 있다.

나는 부모 자식 관계란 뽑기 같은 것이라고 생각한다. 자식이 부모를 선택해서 태어난다는 설도 있지만 믿지 않는다. 뚜렷한 의사를 갖고 부모를 선택해서 찾아온 아이가 있을지도 모른다. 하지만 적어도 나는 그렇지 않았다고 생각한다.

어느 정도 나이가 되기까지 자식은 부모 곁을 떠날 수 없다. 그동안 몸과 마음에 큰 상처를 입으면 평생 그 상처를 짊어지고 살아가야 한다. 부모가 자식에게 미치는 영향은 이루 다 헤아릴 수 없다.

나의 경우, 엄마가 살아 있는 동안은 좀처럼 좋은 관계를 맺지 못했다. 나는 절대 싹싹한 딸이 아니었고 엄마에게 상처를 준 적도 있다. 하지만 엄마가 세상을 떠난 뒤 조금씩 엄마의 고생과 고통, 슬픔을 이해할 수 있게 되었다. 지금은 진심으로 엄마의 인생을 칭찬한다. 그리고 나를 낳아주고 길러준 데 감사한다. 엄마는 정말로 애썼다.

처음으로 엄마 얘기를 적나라하게 썼다. 어쩌면 쓰지 않아도 될지 모른다. 하지만 나처럼 부모와의 관계로 괴로워하는 사람에게 전하고 싶다. 괴로워하는 것은 당신 한 사람뿐만이 아니라는 것을.

나와 엄마의 싸움은 허무하게 끝났지만 사이가 좋지 않았던 우리 모녀의 이야기가 누군가에게 도움이 된다면 엄마에게도 기쁜 일이 아닐까. 엄마는 노년에 많은 사람들에게 신세를 졌지만 조금이라도 누군가에게 도움이 되는 것으로 갚을 수 있길 바란다. 앞으로는 어머니날이 되면 엄마에게 기꺼이 카네이션을 보내고 싶다.

주전자

아침에 일어나면 먼저 물을 끓인다. 주전자는 일부러 일본에서 가져온 것을 쓴다. 전기 포트도 있고 그편이 놀라울 만큼 빠르게 끓지만 물은 꼭 주전자에 끓인다. 그래서일까, 전기 포트로 끓인 물과 주전자로 끓인 물은 맛이 다른 것 같다. 전기 포트의 온수는 빨리 끓는 반면 식는 것도 빠른 것 같다. 게다가 왠지 모르게 물을 급히 끓였다고 화내는 것처럼 느껴진다.

물이 끓으면 바로 끄는 게 아니라 한동안 끓도록 그대로 둔다. 베를린의 물은 석회가 엄청나다. 수도관 자체가 아주 노화되어 일본처럼 수돗물을 그대로 마실 마음이 들지 않는다.

한참 물이 끓고 나면 차를 넣는다. 그리고 불단佛壇용의 작은 다기에 따르고 나서 내 머그컵에도 따른다.

공원이 내다보이는 창 한쪽에 불단을 만들었다. 불단이라고 하지만 양쪽 문이 열리는 불단이 아니다. 불상도 아직 없어서 파랑새 장식물을 불상 대신 앉혀놓고 거기에 차를 올리고 향을 꽂는다.

아침에 일어나면 제일 먼저 차를 공양하고 향을 피우고 허공에 손을 모은다. 그리고 선조님에게 감사 기도를 올리고 엄마를 잘 부탁합니다, 하고 머리를 숙인다. '엄마, 오늘도 같이 힘내봐요' 하고 마음속으로 말을 건다. 이것이 매일의 일과가 되었다.

엄마가 세상을 떠나기 전까지 나는 신앙심이 깊지 않았다. 죽으면 제로가 된다고 생각했고 무덤이라는 존재 자체에 의문을 느꼈다. 하지만 지금은 기도하는 일이 얼마나 중요한지 실감하고 있다. 생명이 없어졌다고 해서 그 존재가 없어진 게 아니고, 내 속에서는 오히려 엄마라는 존재가 더 진하게 떠오른다. 각자 떨어져 있다기보다 항상 같이 있으면서 행동을 함께하는 기분이 든다. 지금은 엄마뿐만 아니라 모든 조상에게 보호를 받는 느낌이다. 엄마가 몸소 가르쳐준 소중한 사실이다.

불단에 올릴 차를 끓일 때마다 엄마가 매일 아침 만들어주던 도시락이 떠오른다. 엄마가 내게 해준 것에 비하면 내가 지금 엄마한테 하는 것은 정말로 미미하다. 이제야 겨우 그 사실을 깨달았다.

베를린에서 사용하는 주전자는 여름방학에 엄마와 송사리를 잡으러 간 가와하라의 사철로 만든 것이다. 초등학생 때는 엄마와 가와하라에 놀러 가기 위해 여름방학이 시작되기만을 학수고대했었다.

주전자에 물을 끓일 때마다 어린 날의 여름방학이 뇌리에 떠오른다.

아이스크림

베를린에는 맛있는 아이스크림 가게가 많다. 게다가 싸다. 외식을 하고 돌아오는 길에 디저트로 아이스크림을 먹는 일도 있고, 친구를 만날 때 아이스크림 가게에서 만나기로 약속을 하여 그곳에서 한두 시간 수다에 빠질 때도 있다. 아이스크림은 남자들도 잘 먹어서 슈트 차림의 직장인이 퇴근하고 돌아가는 길에 아이스크림을 크게 한입 먹으며 기뻐하는 모습은 언제 봐도 미소가 지어진다.

가족끼리, 연인끼리 1유로 남짓한 아이스크림을 마음껏 즐길 수 있는 것이 베를린의 매력이다. 아이스크림 한 개를 먹는 것이 하루 중 최고의 즐거움이 되는 것도 신기한 일이 아니다. 오늘은 어느 가게의 무슨 아이스크림을 먹을까 상상하는 것만으로 마음이 설렌다.

생전의 엄마를 마지막으로 만난 것은 돌아가시던 해 설날이었다. 엄마는 이미 소리 내어 자신의 의사를 말할 수 있는 상황이 아니었다. 식사도 하지 못하는 상태로 고열 때문인지 몹시 괴로운 듯 신음했다. 나는 그런 엄마 옆에서 손을 잡아주거나 말을 거는 것밖에 할 수 없었다.

엄마를 만나는 것은 이번이 마지막이 될지도 모른다는 생각에 일단 도쿄로 돌아오기로 했다. 엄마에게 “마지막이니까 웃어줘” 하고 부탁했더니 엄마는 그 말의 의미를 이해하고 웃어주었다.

병원을 나와서 울면서 역까지 걸어가 신칸센 개찰구를 막 통과했을 때, 갑자기 아이스크림이 무작정 먹고 싶어졌다. 날씨도 추운 겨울에 아이스크림 따위 먹고 싶지 않았다. 먹고 싶지 않은데 몸이 강렬하게 요구했다.

그 충동을 멈출 수 없어서 역에 딸린 매점으로 달려갔다. 하지만 내가 평소 먹는 아이스크림은 팔지 않았다. 할 수 없이 라프랑스(서양배의 한 품종—옮긴이) 맛 컵 아이스크림을 한 개 사서 신칸센에 올라탔다.

임신 경험이 없어서 상상할 수 없지만 그 강렬한 충동은 입덧 같은 느낌이 아니었을까 생각한다. 정말로 신기한 체험이었다.

결국 엄마는 며칠 뒤에 세상을 떠났다. 나중에 생각해 보니 엄마가 병상에서 아이스크림을 무척이나 먹고 싶어 하지 않았나 싶다. 엄마의 병실 서랍에는 아이스크림을 구매한 영수증이 몇 장이나 남아 있었다. 하지만 당신은 이제 사러 갈 수도 없고 누군가에게 부탁할 수도 없어졌다. 그 마음이 내게 전해졌을지도 모른다. 그렇게밖에 생각할 수 없다. 그래서 아이스크림을 먹을 때는 천국에 있는 엄마도 함께 먹는 것이라고 생각하기로 했다.

암사슴 장식물

나는 그다지 영감이 강한 편도 아니고 심령현상도 본 적이 없다. 고작해야 가위 눌리는 정도다. 그런 나도 엄마가 돌아가시고 바로는 몇 번이나 신기한 경험을 했다.

우리 집 화장실에는 작은 선반이 있는데, 거기에 독일의 어느 지방에서 수제로 만든 암사슴 장식물을 올려놓았다. 5센티미터 남짓한 암사슴은 정교하게 만들어진 네 개의 다리로 균형을 잘 잡고 서 있다.

엄마가 돌아가시고 일주일쯤 지났을 때일까. 제대로 진열해 둔 암사슴이 바닥에 떨어져 있었다. 처음에는 어쩌다 균형을 잃어서 떨어졌겠지 생각하고 다시 원래의 장소로 돌려놓았다. 그런데 같은 일이 두 번, 세 번 계속되었다. 게다가 원래 올려

둔 장소에서 떨어진 것치고는 너무 이상한 장소에 누워 있었다. 아무리 생각해 봐도 여기에서 떨어졌다면 그렇게 멀리 가지 않았을 텐데 싶은 엉뚱한 곳에 말이다.

남편이 장난을 친 건가 물어보니 전혀 그런 적이 없다고 한다. 게다가 떨어져 있는 것은 언제나 암사슴뿐이다.

만약 내 신변에 무슨 위험이 닥쳐서 엄마가 필사적으로 전하려고 한 걸까? 다음에 생각한 것은 그것이었다. 불길한 예감에 가슴이 메었다.

그러나 암사슴 장식물을 몇 번째 주워 들었을 때, 문득 엄마가 "이런 것도 할 줄 알게 됐단다" 하고 내게 전하려는 게 아닐까 하는 생각이 들었다.

지금 돌이켜보면 엄마는 내게 칭찬을 받고 싶었던 것 같다. 엄마는 자식에게 애정을 쏟는 게 아니라 자식에게 애정을 갈구했다. 그런데 바라는 것이 이루어지지 않자 혼란스러웠고 때로 자신의 충동을 억제하지 못했을지도 모른다. 정말 간단한 일인데 나는 엄마를 잃고서야 그 사실을 깨닫고 허망했다.

그 후로는 암사슴 장식물이 떨어져 있는 걸 볼 때마다 마음속으로 엄마를 크게 칭찬하기로 했다. "대단하네, 대단해. 더 해봐" 하고. 그러면 엄마는 내 안에서 아주 기쁜 듯이 자랑스럽게 웃는다. 엄마가 살아 있는 동안 그랬어야 했다.

물론 진실은 모른다. 하지만 나는 그렇게 믿는 것으로 무언가 구원을 받은 것처럼 느껴졌다. 엄마의 존재가 가까이 느껴지고, 엄마와 함께 있다는 실감이 들었던 것은 내게 작은 평온함이 되었다.

그 후 몇 개월이 지나고 그때처럼 엄마를 가깝게 느끼는 일은 없어졌다.

과연 엄마는 오봉(양력 8월 15일로 우리나라의 추석과 비슷하다—옮긴이)에 다시 나를 만나러 와줄까. 부디 와주길 바란다. 그래서 생전의 몫까지 따뜻하게 대접하고 싶다.

운동회와 밤밥

운동회는 오로지 가을에 하는 행사였다. 가을 하면 식욕의 계절. 운동회 자체는 별로 기억나지 않지만 점심때 먹는 도시락이 큰 즐거움이었던 것은 지금도 선명하게 기억난다.

운동회가 가까워지면 엄마는 일하고 돌아오는 길에 청과물 몇 군데에 들러서 그해 밤의 상태를 확인했다. 운동회 날 도시락은 반드시 밤밥으로 정해져 있기 때문이다. 그리고 올해는 어느 가게의 밤이 좋다거나 작년보다 싸네 비싸네 하면서 그해의 밤 정보를 보고했다. 좋은 밤을 구하지 못했을 때는 아직 자잘한 것밖에 들어오지 않았다고 어깨를 축 늘어뜨렸다.

청과물 순례 끝에 올해의 밤을 정하면, 엄마는 운동회 전날에 사 와서 껍질을 까고 당일 아침에 밤밥을 지어주었다. 찹쌀을 섞어서 짓는 밤밥은 은은하게 간장 맛도 나고, 식어도 맛있었다. 반찬 같은 건 없어도 될 정도였다. 밤밥만 먹으면 내게 운동회는 완결된 것과 마찬가지였다.

식당에서 흔히 밤조림을 넣어서 만든 밤밥을 팔지만 나는 별로 좋아하지 않는다. 과자를 먹는 것 같아서 도저히 먹을 수가 없다. 밤밥은 역시 생밤을 깎은 게 아니면 밤 본래의 맛이 덜하다.

그러나 말이 쉽지 만들기는 어렵다. 몇 년 전, 큰맘 먹고 직접 밤밥에 도전했지만 상상을 초월하는 큰일이었다. 밤 껍질을 쉽게 까는 방법을 검색해 보았지만, 기본적으로는 속껍질도 겉껍질도 일일이 손으로 깔 수밖에 없어서 정말로 힘들었다. 뜨거운 물에 몇 시간 담가놓으면 겉껍질은 조금 쉽게 까지지만 속껍질은 일일이 칼로 깎아야 한다.

도중에 손가락이 저리고 어깨가 결리고 눈도 피곤해진다. 하지만 방심하면 칼에 손가락을 벨지도 모르니 진지한 승부다. 밤을 다 깎았을 때에는 심신이 지쳐서 두 번 다시 밤밥은 짓지 않겠다고 투덜거렸다. 게다가 기껏 고생해서 만들었는데 남편이 밤밥을 기쁘게 먹어주지 않으니 더 진이 빠진다.

밤늦게까지 칼을 들고 밤 껍질을 까던 엄마의 뒷모습이 생각난다. 내가 딱 한 번 해보고 죽는소리를 하는 이 작업을 엄마는 해마다 한 마디 불평도 없이 해주었다.

오로지 딸이 기뻐하는 얼굴을 보고 싶었기 때문일 것이다. 그 사실을 이제야 깨닫고 눈물이 쏟아졌다.

만년에 엄마는 산에서 주워 온 밤을 깎아서 밤밥을 만들어 보내주었다. 산밤은 시중에 파는 밤보다 훨씬 작다. 껍질을 깎고 나면 거의 먹을 게 없을 정도였다. 그 작은 밤이야말로 엄마의 사랑이었던 것이다.

다정함과 강인함

2017년에 잇따라 부모님을 잃었다. 라트비아의 자연 신앙에서는 사과나무가 고아를 지키는 신목이라고 여기는데, 언젠가는 누구나 고아가 된다고 생각해서 집집마다 사과나무를 심는다고 한다. 나도 고아가 되었다.

엄마는 좋은 의미로든 나쁜 의미로든 강렬한 사람이었다. 무조건 자신이 옳다고 믿어 의심치 않아서 타인에게 지적을 받으면 감당하지 못했다. 언제부턴가 아버지는 엄마에게 반기를 들지 않고 순순히 따르기만 했다. 그렇게 하지 않으면 당신이 살 수가 없었을 것이다. 아버지는 자신을 죽이고, 현실을 직시하기를 포기하고 어딘가 다른 세계에서 조용히 살고 있었다. 온화하고 착하고 사려 깊은 사람이었다.

그래서인지 아버지는 집에 있어도 없는 것처럼 느껴졌다. 내 소설에 아버지가 별로 등장하지 않는 것은 무의식중에도 그런 영향이 있었을지 모른다. 아버지는 내게 투명한 존재였다.

그래도 내가 어릴 때는 아주 다정한 아버지였다고 기억한다. 나는 곧잘 아버지 무릎에 앉아 텔레비전을 보았다. 아버지는 종종 나를 데리고 공원에 가거나 쇼핑을 갔다고 한다.

지금도 기억나는 것은 아버지가 나를 이동 동물원에 데려간 것이다. 우리는 같이 하얀 새끼 사자를 보았다. 아버지와 둘이서 외출할 때면 왠지 모르게 불안한 마음이 들던 것이 지금도 희미하게 기억난다.

초등학교 3학년인가 4학년 때, 아버지가 교통사고를 당했다. 일을 마치고 귀가하던 도중에 차에 치인 것이다. 내가 경찰의 전화를 받았다. 교통사고를 당했다는 말을 듣고 피투성이가 된 아버지가 떠올라서 그대로 굳어버렸다. 바로 할머니와 언니들과 함께 병원으로 달려갔다.

아버지는 인대가 끊어져서 몇 시간에 걸친 수술을 받았다. 수술이 무사히 끝났을 때 엄마는 다른 사람들도 개의치 않고 엉엉 울었다.

그 후 아버지는 재활 훈련을 열심히 해서 놀라운 속도로 회복했지만, 지금 생각하면 그때 교통사고를 계기로 당신이 하고 싶어 했던 업무에서 멀어진 것 같다. 그래도 아버지는 정년퇴직할 때까지 직장 생활을 계속했다.

아버지의 인생은 행복했을까. 만약 아버지가 일찌감치 엄마와 헤어지는 쪽을 선택했더라면 아버지 인생도, 그리고 내 인생도 달라졌을까 상상해 본다. 혈연이란 때로 성가시고 버겁다. 끈끈한 줄도 되고 속박도 될 수 있는 무서운 것이다.

아버지가 쓰러지기 전, 마지막으로 먹은 것은 내가 만든 소고기와 우엉 밥이었다. 그것은 친할머니가 잘 만들던 요리였다. 아버지에게 배운 다정함과 엄마에게 배운 강인함을 손에 쥐고 앞으로는 고아로서 인생을 살아간다.

수제 불단

엄마가 세상을 떠난 뒤 계절이 한 바퀴 돌았다. 신앙심이라곤 없던 내가 지금은 매일 아침 손을 모으고 기도를 올린다. 불단이라고 부를 만큼 근사하지는 않지만 베를린의 아파트 창가에 기도하는 공간을 만들었다.

처음에는 아무것도 없어서 친구가 선물해 준 새 모양의 페이퍼 웨이트를 올려놓고 거기에 차를 공양하고 기도했다. 향대로 쓰는 것은 아주 좋아하는 유리 작가의 그릇이다. 어느 날 중국차를 마시려고 뜨거운 물을 부었더니 금이 가버렸다. 액체를 넣어서 사용하는 것은 무리지만 재는 괜찮아서 향대로 사용하고 있다.

차는 지나가다 마음에 들어서 산 작은 사기잔에 담고, 굽

높은 접시에는 과자 등을 담았다. 종은 담당 편집자의 선물인데 정말로 맑은 소리가 울린다. 꽃병에는 되도록 엄마가 좋아했던 들꽃을 꽂으려고 한다.

불상은 교토의 젊은 불사佛師가 만든 것이다. 하얀 도자기로 한 손에 쏙 들어가는 크기다. 모든 것이 작아서 뭔가 소꿉놀이하는 기분이다. 거기에 양초가 생긴 것은 최근의 일. 이렇게 하나씩 모이다 보니 어느새 수제 불단이 완성되었다.

아침이면 따뜻한 차를 올리고 향을 꽂고 손을 모은다. 손을 모은 내 앞에 우뚝 솟아 있는 것은 베를린의 상징인 텔레비전 송신탑. 그 앞에 서면 저절로 하늘을 향해 기도하는 자세가 된다.

마음속으로 올리는 기도의 말은 거의 정해져 있다.

"아버지, 엄마, 할아버지, 할머니, 선조님, 핏줄이 이어진 모든 분들께 감사드립니다. 언제나 따뜻하게 지켜봐주셔서 고맙습니다. 오늘 하루도 잘 지낼 수 있도록 지켜주세요. 살아 있는 모든 생물이 행복하길 바랍니다."

그때그때 약간씩 다르기도 하지만 대체로 이런 내용이다. 그러고 나서 내 차를 마신다.

부모님이 세상을 떠난 뒤에 오히려 더 가깝게 느껴진다. 눈에 보이지 않는 많은 존재들이 나를 탄탄히 지켜주고 있다는 그런 실감이 든다.

드디어 기일. 나는 아침부터 정성껏 향을 꽂고 엄마가 좋아했던 케이크를 공양했다. 고인이 좋아한 음식을 먹는 것이 좋은 공양이라는 말을 들은 이후, 그 사실을 의식하게 되었다. 저녁에는 엄마가 축제 때 부침개를 먹고 좋아했던 기억이 나서 한국 음식점에 가서 부침개를 먹었다. 10년도 전에 받은 엄마의 메일을 다시 읽으며 마음속으로 엄마에게 말을 많이 했다.

감개무량한 하루를 보냈지만 세상에, 기일을 하루 착각해서 사실은 내일이란 것을 알게 되었다. 그리하여 이틀 연속 케이크를 먹게 되었다.

딸이라는 사람이 이렇다.

돈 안 들이고 행복해지기

물욕이 사라지다

베를린에 살아서 좋은 점은 돈을 써야 한다는 강박관념이 들지 않는다는 것이다. 베를린에 사는 사람들은 다들 이곳에 있으면 점점 물욕이 사라진다고들 한다.

베를리너에게는 얼마나 돈을 쓰지 않고 즐겁게 사는가, 하는 것이 인생의 큰 테마다. 그래서 정말로 돈이 없는 사람도, 실은 돈이 있는 사람도 경쟁하듯이 돈을 쓰지 않고 행복하게 사는 법을 모색한다.

나도 그렇다. 베를린에 도착한 순간부터 절약 모드 스위치가 켜져서 어떻게 하면 쓸데없이 돈을 쓰지 않고 즐겁게 생활할까 날마다 머리를 감싼다. 마치 게임 같아서 정말 재미있다. 그런 유머가 아주 기분 좋게 느껴진다.

자기한테 필요 없어진 물건을 집 앞 도로에 내놓는 것도 습관이 되어서 가끔 컵이나 접시, 가구 등이 아무렇게나 나와 있기도 한다. 필요한 사람은 가져가라는 의미의 공조 시스템이다. 이런 걸 가져가는 사람이 있을까? 의아하게 생각하지만 2~3일 내에 조금씩 줄다가 어느새 깨끗이 사라져 있다.

나도 몇 번인가 얻어 왔다. 일본 같으면 남의 시선을 신경 쓰기 십상이지만 베를리너는 사용할 수 있는 것은 끝까지 사용한다. 쓰레기로 처분하는 것은 최종 수단으로, 그때까지는 여러 가지 아이디어로 활용한다. 자전거도 부품 단계까지 분해해서 각각 재활용한다.

요전에 본 장화와 수동 그라인더는 화분으로 쓰이고 있었고, 어느 아티스트는 에스프레소 기계 일부를 작은 탁상 램프의 우산으로 재활용했다. 하나같이 쿡쿡 웃을 수 있는 재미있고 순수한 아이디어로 과연 이런 사용법도 있구나, 하고 무심결에 박수가 나온다.

일본에 있으면 돈을 쓰고 소비하는 일이야말로 행복한 일이라고 주입하는 분위기가 있다. 그래서 돈을 벌기 위해 잔업을 하고 휴일에 출근을 하고 때로는 몸을 망가뜨리면서까지 열심히 일한다. 기업도 이런저런 방법을 동원하여 소비자의 지갑을 노린다. 물론 새 옷을 사고 유명한 레스토랑에 가는 것도 즐겁다. 하지만 베를린처럼 돈을 들이지 않아도 행복해지는 방법이 있지 않을까 생각한다.

일본을 멀리에서 보면 일본 자체가 거대한 쇼핑몰 같다. 서비스라는 이름 아래 무엇을 할 때마다 돈이 든다. 지갑에서 돈이 자꾸자꾸 새어 나간다. 그래서 나는 일본에 있을 때 적어도 일요일 정도는 돈을 쓰지 않고 생활하기로 마음먹었다. 여간 어려운 시도가 아니었지만.

없어도 좋은 것

미니멀리즘이 각광받고 있다. 나도 되도록 빈손으로 지내고 싶은 쪽이다. 평소에 외출할 때도, 인생이라는 긴 여행에서도 마찬가지다. 갖지 않아도 되는 것은 최대한 갖고 싶지 않다.

차는 원래 면허증이 없다. 지방에서는 그러고 살기 쉽지 않지만 도시에 사는 한, 차는 그다지 필요하지 않다. 이동에는 전철과 버스를 이용하고 짐이 많거나 급할 때는 택시를 탄다.

자전거는 살고 있는 공동주택 주민이 다 같이 사용할 수 있는 대여용이 있어서 필요할 때마다 빌려서 탄다. 자전거도 없으면 없는 대로 버틸 만하다.

휴대전화도 없다. 부끄러운 얘기지만 아직도 휴대전화 사용법을 모른다. 휴대전화가 있어도 실수로 이상한 버튼을 눌

러서 당황하기 일쑤다. 기본적으로 집에서 일을 하니 유선 전화기가 있으면 그걸로 충분하다.

지금이야 휴대전화가 아이부터 노인까지 남녀노소에게 보급되었지만 30년쯤 전에는 정말로 특수한 일부 계층만 갖고 있었다.

친정에도 그렇고 있는 것은 낡은 검은색 전화기 한 대뿐. 그것도 거실에 덩그러니. 새끼 전화기 같은 건 아직 없어서 친구에게 오든 남자친구에게 오든 가족 앞에서 단어를 선택해 가며 작은 소리로 통화해야 했다.

그러나 지금은 직접 상대에게 연결된다. 게다가 누구에게 걸려온 전화인지 받기 전부터 알 수 있다. 이성의 집에 전화하느라 두근거리면서 다이얼을 돌리는 시대는 이미 끝났다. 다이얼을 돌린다는 표현 자체가 사어가 되었다.

휴대전화 등장으로 남녀 관계도 달라졌을까. 전에는 불륜을 할 때 사전에 다음 만남을 약속해야 하는 등 나름대로 고생이 많았을 거라고 생각한다. 하지만 지금은 휴대전화로 간단히 상대와 연락이 된다.

내가 좋아하는 작가 무코다 쿠니코 씨의 대표작《아수라처럼》에 좋아하는 장면이 있다. 불륜 중인 남편이 공중전화로 애인에게 전화를 건다고 한 것이 그만 실수로 자택 전화번호로 걸어버렸다. 아내는 남편의 잘못 걸린 전화 목소리를 듣고 불륜을 확신한다. 그러나 그것도 공중전화이니 의미가 있지, 지금은 그런 설정 자체가 성립하지 않는다. 휴대전화가 보급된 덕분에 불륜도 하기 쉬워졌음은 충분히 추측할 수 있다.

대다수 사람에게는 이제 그다지 필요 없는 공중전화지만 내게는 아직도 필수품이다. 미니멀리즘은 그 나름대로 약간 고생스럽긴 하다.

라트비아에서 얻은 십계명

인생을 살아가는 마음가짐이라고 할 만큼 거창한 것은 아니지만 우리 집 화장실에는 한 장의 메모가 붙어 있다. 그것은 라트비아에서 오래전부터 전해오는 십계명을 알기 쉽게 일본어로 옮긴 것이다.

왜 화장실 벽에 붙였나 하면 그곳이라면 하루에 몇 번은 확실하게 볼 수 있는 장소여서. 앉았을 때 딱 눈높이에 오도록 조금 아래쪽으로 마스킹 테이프를 붙였다. 이렇게 해두면 손님이 왔을 때도 교만해 보이지 않게 중요한 메시지를 전할 수 있다.

그러나 느닷없이 라트비아라고 하면 머릿속에 물음표가 떠오르는 사람이 대부분일 것이다. 나도 그랬다. 라트비아가 어디에 있는 나라인지, 수도가 어디인지도 몰랐다. 그런 내가 지금 완전히 라트비아의 노예가 되어 있다. 내 영혼의 고향이라고 믿고 있다.

첫 만남은 2015년 여름이었다. 이 땅을 무대로 한 얘기를 쓰기 위해 취재차 일주일 정도 프레스 투어에 참가했다. 그때 성실하고 아름답고 풍요롭고 즐겁게 살아가는 사람들의 모습에 충격을 받았다.

그들이 살아가는 삶의 방식과 사고방식의 근본을 지탱하는 것은 라트비아에 오래전부터 전해지는 자연숭배 사상이다. 일본의 모든 신과 마찬가지로 라트비아에도 해, 대지, 나무, 물 등 삼라만상 다양한 자연에 신이 있다. 그리고 신은 사람들의 생활 속에 숨 쉬고 있다. 라트비아인에게 중요한 것이 무엇인지 물었더니 가르쳐준 것이 이 십계명이었다. 그것을 내 나름대로 해석해서 화장실 벽에 붙여놓은 것이다.

1. 항상 바르게 행동합시다.

2. 이웃과 사이좋게 지냅시다.

3. 사회를 위해 자신의 지식과 능력을 아낌없이 기부합시다.

4. 성실하고 즐겁게 일합시다.

5. 각자의 역할을 다합시다.

6. 향상심을 잊지 않고 자신을 단련합시다.

7. 가족과 이웃, 고향, 자연 등 의식주 전부에 감사합시다.

8. 어떤 상황에 있어도 밝고 명랑하게 받아들입시다.

9. 쩨쩨하게 굴지 말고 너그럽게 베풉시다.

10. 상대방 입장에서 생각하며 살아갑시다.

라트비아에 전해지는 가르침은 명령조가 아니라 청유형이다. 인간이 본래 갖고 태어난 올바름을 믿는 점이 아주 멋지다. 그리고 이 열 가지 가르침을 새겨듣고 균형을 잡으며 살아가는 것이 정말로 중요하다는 것을 배웠다.

그 후 이 십계명이 내 생활, 나아가서는 인생의 지침이 되었다. 나도 맑고 밝고 바르게 살아가고 싶다.

히나 인형

오후나까지 히나 인형(여자아이들의 행복을 기원하는 히나마쓰리 날에 단을 차리고 장식하는 작은 인형—옮긴이)을 보러 다녀왔다. 갤러리는 오래되었지만 정성껏 손질된 일본 가옥으로, 많은 히나 인형들이 진열되어 있었다. 히나 인형은 어느 시절에 봐도 좋다.

몇 단짜리였는지는 잊었지만 본가에도 오래된 히나 인형들이 있었다. 히나마쓰리가 다가오면 아버지가 단을 차리고 거기에 빨간 천을 덮어서 인형들을 진열했다.

엄마는 메이지 시대 때부터 내려오는 귀한 것이라고 자랑했지만 나는 히나 인형들이 너무 싫었다. 상자에서 인형을 꺼낼 때 목이 떨어져 있기도 하고, 머리카락은 산발해서 어릴 때는 히나 인형과 일대일로 대치하는 것이 무서웠다.

어른이 된 뒤 직접 모은 히나 인형은 소박한 흙인형이다. 내 고향, 야마가타현의 쇼나이 지방에 전해지는 우도가와라 인형으로, 에도 시대에 북전선 배를 타고 전해진 후시미 인형(흙으로 만든 인형의 원조—옮긴이)이 원형이다. 우도가와라 인형은 나무 거푸집에 점토를 채웠다가 꺼내서 스야키(도기에 유약을 바르지 않고 굽는 것—옮긴이)를 하여 아교로 푼 호분(조가비를 태워서 만든 백색 안료—옮긴이)을 덧칠해서 밑바탕을 만들고, 다시 안료를 칠해서 색을 낸다고 한다.

에도 시대 말에 오이시 스케에몬 씨가 만들기 시작한 이후, 대대로 오이시 가의 본가와 분가 사람들의 손으로 전승되었다. 그리고 지금은 전승 모임 회원들이 만드는 법을 그대로 전수받아 이 흙인형을 계속 만들고 있다.

내가 갖고 있는 히나 인형에도 뒤에 각각 오이시야루 씨의 이름이 새겨져 있다. 먼저 왕과 왕비, 다음에 3인 궁녀, 그다음에 5인 연주자 인형을 차례대로 조금씩 모았다. 우리 집은 히나 단을 꾸밀 만한 공간이 없어서 가로로 쭉 늘어놓았다(원래는 3~5단으로 꾸민다—옮긴이). 만원 전철처럼 빽빽하게 놔두어서 미안하지만 어쩔 수 없다.

매일 바쁘다 보니 장식하지 못하는 해도 있지만 올해는 여유롭게 히나 인형을 장식해 보았다. 딸이 있는 집에서는 혼기가 늦어진다고 일찌감치 정리하지만(히나 단은 3월 3일인 히나마쓰리 이틀 전에 장식하고 2주 이내에 치우는 것이 가장 좋은데, 늦게 치우면 시집도 늦게 간다는 우스개 설이 있다—옮긴이) 우리 집에는 그런 걱정도 없어서 벚꽃이 필 때까지 장식한다. 흙인형이어서 조심하지 않아도 되고 소박하고 훈훈해서 좋다. 인형들은 하나같이 덕이 있는 얼굴이다.

우도가와라 인형과 함께 또 하나 아끼는 히나 인형은 오사카의 스미요시타이샤 신사의 기념품인 스히나 인형이다. 이것은 문자 그대로 옷을 입히지 않은 알몸의 히나 인형으로 일단 왕은 홀(가늘고 긴 나무판—옮긴이)로, 왕비는 부채로 중요 부분은 가리고 있지만 알몸은 알몸이다. 왕비는 화려한 의상이 포인트인데 이쪽은 반대로 몸에 걸치고 있는 것이 전혀 없다. 보고 있으면 절로 웃음이 난다.

아무리 번쩍거리는 의상으로 장식해도 어차피 알몸이 되면 다 똑같아, 하고 격려받는 기분도 든다. 묘하게 달관한 느낌이다.

참고로 스히나 인형은 1년 내내 얼굴을 볼 수 있도록 그릇장 한쪽 구석에 장식해 두었다.

베를린의 절약 정신

베를린에서는 물물교환 시스템이 아직 건재하다. 뭔가를 해 준 사례로 뭔가를 받는 일이 일상다반사다.

친구가 임대한 아파트를 이어받을 때도 물물교환 덕분에 지출을 최소한으로 줄일 수 있었다. 친구가 베를린에 가재도구를 남기고 가서 내가 쓸 전자 제품과 가구와 그릇들을 친구의 새집으로 보냈다.

그냥 새것을 사는 게 아니라 주인을 바꾸어서 사용할 수 있는 물건을 계속 사용하는 정신은 정말 좋다고 생각한다. 무엇보다 친구가 소중히 사용한 것을 물려받거나 반대로 자기가 애착 갖고 있는 것을 친구가 계속 쓰면 물건에도 역사가 생겨서 생명력이 강해지는 기분이 든다.

베를린에서는 쓸 만한 것을 쓰레기로 처분하는 일은 있을 수 없다. 자기한테 불필요해진 것도 집 앞에 두면 누군가가 가져간다. 나도 무거워서 사용하지 못하는 프라이팬 등을 길가에 내놓았는데 몇 시간 만에 사라졌다. 이 시스템은 자기한테도 상대한테도 정말 편리하고 좋다.

일본이라면 나한테 불필요해진 건 돈을 내고 가져가게 하는 시스템이지만, 도쿄의 맨션 지역만 봐도 아직 한참 쓸 만한 걸 쓰레기로 내놓아서 아까워 보인다. 베를린의 이런 시스템이 일본에도 번지면 쓰레기양을 훨씬 줄일 수 있을 텐데, 그건 역시 어려울지도 모른다. 베를린에서는 비싼 돈을 내고 새것을 사지 않아도, 얻은 것이나 주운 것으로 충분히 생활을 꾸려나갈 수 있다. 그런 점이 생활의 편리함으로 이어진다.

또한 재활용 방법도 독특해서 다양한 아이디어로 원래의 용도와 다른 활용법을 구사한다. 요전에 갔던 카페에서는 낡고 작은 욕조에 흙을 담아서 화단으로 쓰고 있었다. 그 밖에도 절로 쿡쿡 웃음이 나는 재미있는 사용법을 곧잘 본다. 상상의 날개를 펼치면 아직도 한참 사용할 곳이 많다는 것을 가르쳐준다.

제2차 세계대전 말기에 베를린에서는 격렬한 지상전이 펼쳐졌다. 도시는 폐허가 되고 건물 잔해로 뒤덮였다. 전쟁터에 나간 남성 대신 여성들이 잔해 더미에서 아직 쓸 만한 걸 주워 모아서 도시 부흥에 전력을 다했다고 한다. 베를린의 절약 정신은 그런 과거에서 유래하는지도 모른다. 쓰레기라는 건 없다고 단언하는 베를리너가 내게는 너무나 멋져 보인다.

근사한 시스템

도쿄의 우리 집 근처에 돼지와 닭을 키우는 농가가 있다. 원래는 에도 시대부터 내려오던 화훼 농원으로, 광대한 부지에 많은 수목이 우거져 있다. 그 한 모퉁이에 양돈과 양계를 하면서 그곳에서 나온 퇴비를 밭에 사용한다.

우리는 그곳의 달걀만 사 먹었다. 한 팩에 500엔이면 타당한 가격이었다. 집 앞의 무인 판매대에는 신선한 채소와 꽃도 팔았다.

유리네와 산책하는 길에 그곳에 들르는 것이 일과가 된 나는 갓 낳은 달걀과 싱싱한 채소를 만날 때면 기뻐서 어쩔 줄 몰랐다.

무엇보다 무인 판매대가 좋았다. 사고 싶은 사람은 우편함

같은 작은 통에 돈을 내고 가면 된다. 이 시스템이 정착된 게 자랑스러웠는데 올여름부터 판매 방법이 바뀌었다.

아마도 5엔이나 10엔만 내고 달걀이나 채소를 가져가는 사람이 있었던 모양이다. 그래서 무인 판매 형태가 아니라 로커 안에 채소를 늘어놓는 시스템으로 바뀌었다. 유감스러운 일이다. 모두가 규칙을 잘 지키면 굳이 로커를 설치할 필요도 없을 텐데.

내가 올여름을 보낸 베를린은 지하철이나 트램, 기차를 탈 때 개찰구를 통과하지 않는다. 표는 직접 기계에 넣어서 승차 개시 날짜와 시간을 찍는다.

다만 가끔 사복 차림의 검표원이 불시에 검사를 하러 온다. 만약 표를 갖고 있지 않거나 갖고 있어도 스탬프가 없는 등 무임승차가 발각되면 60유로라는 고액의 벌금을 내야 한다.

놀라운 것은 무임승차하는 사람이 거의 없다는 사실이다. 아마 어릴 때부터 몸에 익은 습성일 것이다.

우리 집 근처의 무인 판매대에도 대다수 사람들은 제대로 돈을 내고 채소나 달걀을 샀을 거라고 생각한다. 하지만 일부

양심 없는 사람들 때문에 시스템이 기능을 하지 못하게 된 것은 너무나 유감이다. 무엇보다 정성껏 키운 작물을 공짜나 다름없이 팔아버린 농가의 마음을 생각하면 안타깝기 그지없다.

한 팩에 500엔인 유정란은 큰 것도 있고 작은 것도 있고 크기가 제각각이다. 달걀프라이도 좋지만 신선해서 달걀밥을 해 먹으면 최고였다.

그러고 보니 베를린의 교통 시스템 중에 아주 유용한 점이 있다. 한 사람이 일주일권이나 1개월권을 갖고 있으면 평일 저녁 8시 이후와 주말, 공휴일에 동반자 한 명과 반려동물 한 마리까지 무료로 이용할 수 있다. 즉 표 한 장으로 두 명과 한 마리가 승차할 수 있다. 멋진 시스템이라고 생각하지 않으시는지?

청소기에 불만

독일 제품은 몹시 크다. 큰 데다 무겁다. 아파트 현관문도 조리기구도 자전거도 가구도 튼튼하게 만드는 만큼 크고 무겁다.

매장에서 아, 이거 좋네! 하고 들어보면 일본 제품일 때가 많다. 손에 들었을 때 위화감이 없다. 기분 좋은 촉감이라고 느끼면 메이드 인 재팬이다. 뭐야, 하는 동시에 역시 나는 일본인이라는 생각에 살짝 자랑스럽기도 하다.

일본도 독일도 물건을 만드는 재능이 뛰어난 것은 같지만, 지향하는 바가 다르다는 사실을 최근에야 깨달았다. 독일이 지향하는 것은 탄탄하고 오래 사용할 수 있는 제품이다. 거기에 비해 일본은 사용하고 쉽고 편리한 제품을 만들기 위해 개량을 거듭한다.

처음으로 장기간 베를린에 머물렀을 때, 너무나 구태의연한 청소기 모습에 놀랐다. 먼저 크기에 놀랐다. 당연히 무겁다. 더 놀란 것은 그에 비해서 그다지 성능이 좋지 않다는 것이었다. 물론 독일에서 만든 청소기 중에도 일본인조차 눈이 동그래질 멋진 성능의 청소기가 존재할지도 모른다. 그러나 내가 독일에서 만난 청소기는 대체로 덩치는 크지만…… 하는 유감스러운 타입이었다.

한번은 독일인에게 이런 청소기여서 불만은 없는지 솔직하게 의문을 털어놓았다. 대답은 '없다'였다. 독일인은 청소기에 지나친 편리함을 원하지 않고, 청소기란 원래 그렇다고 생각해서 딱히 개량할 필요성을 느끼지 않는다고 했다. 청소기의 역할은 먼지를 빨아들이는 것이니 그것만 제대로 하면 되는 것 같다. 무엇이든 더 쉽고 편리한 것을 추구하는 일본인과는 기본적인 사고방식이 다르다.

얼마 전에 소풍을 갔다가 베를린 교외에 있는 일본 음식점에 다녀왔다. 줄곧 가고 싶던 가게였다. 일본에서 건축 일을 했다는 주인은 가게 인테리어도 직접 했단다. 벽돌로 운치 있는

벽을 잘 살렸다. 아주 아름답고 안락하고 근사한 공간이었다.

오랜만에 제대로 된 일식을 먹으니 새삼 일본인은 섬세하구나, 하는 생각이 들었다. 섬세한 배려는 일본인이어서 가능하다. 그리고 그 섬세함을 즐겨주는 독일인도 감동이었다. 베를리너조차 좀처럼 가지 않을 만한 장소에 뿌리를 내리고 살고 있는 그들의 모습에 용기를 얻었다.

겉은 탄탄, 속은 섬세. 내가 원하는 것은 바로 이런 청소기인데.

호프 결혼식

비행기가 베를린 테겔 공항으로 하강할 때, 언제나 상공에서 보고 반하는 것은 정교하게 조성된 시가지이다. 몇 동의 아파트가 벌집 구조처럼 한 덩어리가 되어 있고, 그것이 도로에서 연결되는 형태로 도시가 만들어졌다.

내가 지금 사는 아파트는 1900년에 세워진 것이다. 백 년도 전에 지은 아파트에 여전히 사람이 살고 있다니 일본에서는 거의 생각할 수 없지만 베를린에서는 보통이다. 건물은 주로 알트바우Altbau와 노이바우Neubau로 나뉜다. 알트바우는 제2차 세계대전 전에 세워진 오래된 건물을 가리키고, 노이바우는 전후에 세워진 새 건물을 가리킨다. 내가 사는 곳은 알트바우지만, 노이바우도 70년 이상 된 것이 있어서 오래된 건물인가 새로운 건물인가 하는 감각이 일본과는 매우 다르다.

요컨대 백 년도 전부터 이렇게 탄탄한 건물을 짓고 게다가 살기 편하도록 도시 정비까지 해놓았다는 사실이 놀랍다. 인접한 아파트와 공유하는 중정이 있으니 주거 환경도 훨씬 좋아지고 모두가 쾌적하게 살 수 있다.

설령 번잡한 도로에 면해 있는 아파트여도 중정 쪽으로 난 방은 아주 조용하니 그곳을 침실로 하면 시끄러워서 못 잘 걱정도 없다. 중정은 독일어로 '호프'라고 한다. 호프는 독일인의 생활에 빼놓을 수 없는 공유 공간이다.

내가 사는 아파트에도 커다란 나무가 있는 멋진 호프가 있다. 벤치도 몇 개 있어서 책을 읽는 사람도 종종 보인다. 주말이면 바비큐를 즐기고 요가 레슨을 하고 프리마켓을 여는 등 호프는 주민에게 더할 나위 없는 휴식 공간이다.

얼마 전 친구 결혼식에 초대받았는데 장소가 그들이 사는 아파트 호프였다. 호프 한쪽에 있는 탁구대에 테이블보를 깔고 요리를 차렸다. 요리는 각자 가지고 오고 음료도 자기가 마시고 싶은 것을 지참한다. 그러면 누군가에게 부담이 집중되지 않고 서로 조금씩 힘을 보태서 즐거운 파티가 된다. 호화롭지는 않지만 온기로 가득한 정말로 멋진 결혼식이었다.

이런 방법은 너무나도 베를린스럽다. 집착하지 않는 것이 유일한 집착이라고 할 만큼 발상이 자유로워서 돈을 들이지 않고 즐겁게 사는 요령을 알고 있다. 그것이 가능한 것도 호프가 있고 도시에 초록이 넘쳐나서일 것이다. 밖에서 식사를 해서 기분 좋은 것은 눈앞에 아름다운 풍경이 펼쳐졌기 때문이다.

비행기에서 내려다보는 베를린은 얼마나 초록으로 넘치는 곳인지. 사람들은 그것만으로 웃는 얼굴이 된다.

우선순위

베를린에 있으면 점점 물욕이 없어진다는 것은 나도 늘 피부로 느끼고 있고, 베를린에 오래 산 친구도 그렇게 말한다. 겨우 며칠 여행을 다녀간 사람도 그런 감상을 얘기한다.

갖고 싶은 것이 없는 건 절대 아니지만 가치관이 바뀐다고 할까, 소비하는 데 별로 관심이 없어진다. 나만의 척도로 행복을 재려고 하기 때문인지도 모른다.

내 경우 의식주 중 제일 먼저 내려놓은 것은 옷이었다. 길을 걷는 사람들의 패션을 봐도 제각각으로, 빤히 쳐다보거나 평가하는 일은 거의 없다. 화려한 색으로 머리칼을 물들인 지긋한 나이의 펑크한 아주머니도 있고, 여장한 남성도 있다. 더우면 어른들도 맨발로 걷는다. 이런 사람들이니 어떤 복장을 해야 한다는 고정관념이 없다. 모두 자신에게 편하고 자신이 좋아하는 옷을 입고 있다. 나도 점점 그런 흐름에 물들게 되었다.

옷 다음에 집착이 없어진 것은 음식이다. 물론 베를린에도 맛있는 레스토랑은 있지만, 그런 곳에 자주 가고 싶다는 마음은 별로 들지 않는다. 일본에서는 예사로 먹는 생선이 베를린에서는 고급품이어서 좀처럼 먹을 수 없으니까 포기가 빠른지도 모르겠다. 베를린에서는 인기 있는 레스토랑에 몇 달 전부터 혈안이 되어 예약하는 일도 생각할 수 없다. 예약은 고작해야 일주일 전이다.

즉 우선순위로는 주, 식, 의가 되는데 이 순서는 독일인 대부분이 그렇다고 할 수 있을 것 같다. 독일인은 집을 정말로 중요하게 생각한다. 자기가 살 곳을 쾌적하게 만들기 위해 적잖은 열정을 쏟는다. 집에 관련된 일은 자기 힘으로 하는 것이 독일식으로, 집에 놀러 가 보면 정말로 주인과 잘 어울리는 인테리어로 편안한 공간을 만들어놓았다.

독일은 옷이나 음식에 비해 주거 환경이 아주 훌륭하다. 천장도 높고 집도 넓디넓다. 독일인에게 쾌적한 주거 환경은 상당히 중요하여 양보할 수 없는 요소인 것이다.

그래서 요전에 이탈리아에 갔을 때는 사람들이 너무 세련돼서 넋을 잃었다. 몇 년 전 육로로 프랑스에 갔을 때도 프랑스 국경을 넘는 순간, 같은 요리인데 독일과 프랑스가 명백히 맛이 달라 충격을 받았다. 독일은 주를 중시하고 이탈리아는 의, 프랑스는 식에 무게를 둔다는 말을 실감했다.

너무나 그립다

일본을 오래 떠나 있어서 그리운 것은 초밥도 메밀국수도 튀김도 아니고 일본만의 모호함이다.

전에는 그 모호함이 왠지 짜증 났다. 그러나 독일에서 살다 보니 그 모호함이 몹시 그립다.

독일에는 모호함이란 눈곱만큼도 찾을 수 없다. 이렇게 단언하는 것은 옳지 않지만, 그러고 싶을 만큼 무슨 일에든 확실하다. 모든 것은 흑이나 백으로 나뉘어 회색 구역이 존재하지 않는다.

독일에 처음 갔을 때, 와인 잔에 200밀리리터의 선이 그어져 있어서 깜짝 놀랐다. 술을 따르는 사람은 그 선까지 정확하게 따랐다. 그 가게의 와인 잔만 그런가 했더니 선이 그어진

잔을 쓰는 곳이 꽤 많았다. 그렇게 하면 누구에게나 같은 양을 제공할 수 있다. 눈대중이란 개념이 없다.

예를 더 들고 싶다. 이전에도 이야기했지만 독일은 지하철과 트램, 철도에 개찰구가 없다. 표를 구입하여 직접 검인기에 넣고 날짜와 시간을 찍어서 승차하는 시스템이다. 무임승차를 하려고 마음먹으면 얼마든지 할 수 있다. 종종 검표원이 차에 타서 승객이 표를 잘 갖고 있는지 불시 검사를 하는데, 만약 표를 갖고 있지 않은 게 들통나면 60유로의 벌금을 내야 한다.

나도 몇 번이나 검표원에게 검사를 받은 적이 있다. 사복을 입은 그들은 대체로 펑크한 차림의 젊은이다. 승객인 척 탔다가 타이밍을 봐서 2인 1조로 갑자기 신분증을 제시하고 검사를 시작한다.

그럴 때는 자리에서 재깍 표를 보여줘야 한다. 만약 어디에 넣었는지 몰라서 뒤적거리다가 나중에 보여주면 검표원은 "그건 남의 것을 빌린 건지도 모르니까" 하고 벌금을 매긴다. 온정이네 하는 건 요만큼도 없다.

그래서 검표원을 만나면 표를 잘 갖고 있으면서도 매번 가슴이 쿵쿵거린다. 좀 더 상대의 사정을 이해하고 사람을 믿어 주어도 좋을 텐데, 하고 생각하지만 안 되는 건 안 되는 것으로 정확한 잣대를 적용한다.

독일어도 그렇다. 절대로 오해가 생기지 않도록 엄밀하게 언어를 사용한다. 그래서 무척이나 길다. 독일에서 트위터가 확산되지 않는 이유도 거기에 있는 것 같다. 그러고 보니 옷도 단색조인 사람들이 많다.

대등한 관계

일본에 잠시 귀국하느라 프랑크푸르트 공항에서 일본계 항공사의 비행기로 갈아탔다. 타자마자 바로 공항에서 산 소시지를 냉장고에 넣어줄 수 있는지 객실 승무원에게 물어보았다.

확인하고 오겠습니다, 하고 잠시 후 돌아온 승무원의 표정은 명백히 어두웠다.

“정말 죄송합니다. 식품 관리 문제로 그런 요청은 받지 않는다고 합니다. 너무 죄송합니다.”

그렇게 말하며 몇 번이나 머리를 숙였다. 안 되는 일이라면 안 되는 대로 괜찮은데 되레 미안했다. 그렇게까지 사과할 일은 아니다. 그러고는 아, 그래, 이게 일본이었지, 하는 사실을 떠올렸다.

전에 지인에게 객실 승무원들은 일부러 눈썹 끝이 내려오게 그린다는 말을 들은 적 있다. 사실인지 아닌지 정확하지 않지만 그편이 사과할 때 죄송합니다 하는 얼굴이 되기 쉬워서라고 한다. 아마 각양각색의 손님이 있으니 때로는 말도 안 되는 일로 머리를 숙여야 할 때도 있을 것이다. 상당히 스트레스 쌓이는 일일 것 같다.

독일에서는 좀 더 대등하다. 이를테면 가게에서도 절대 손님이 왕이 아니라 가게 사람과 손님이 대등한 위치에 있다. 뒤집어 생각해 보면 손님은 돈을 내고 가게 사람에게 상품을 사는 것이다.

몸이 불편한 사람과 건강한 사람도 어떤 의미에서는 대등하다. 휠체어여서 주눅이 든다, 지팡이여서 배려를 한다, 그런 모습은 별로 없다. 그래선지 일본에 있을 때보다 휠체어나 지팡이를 사용하는 사람을 자주 본다. 남성과 여성도 대등하고 이념으로서는 사람과 동물도 대등하다. 동물에게는 쾌적하게 살아갈 권리를 인정하고 있다.

일본은 언제부터 '손님이 왕'이 됐을까. 돈을 내는 쪽이 압

도적으로 훌륭하고 돈을 받는 쪽은 몸종처럼 서비스를 해야 한다. 원래 대등한 관계여야 하지만 서비스를 제공하는 측은 언제 불평이 들어올지 전전긍긍하며 겁먹고 있다. 목소리 큰 사람이 이기는 풍조는 명백히 잘못되었다. 그런 일본에 솔직히 숨이 막힌다.

돈은 중요하다. 돈이 없으면 생활할 수 없다. 일부 정치가는 경제가 중요하다, 경제가 중요하다 연일 외친다. 확실히 그럴지도 모른다. 하지만 경제만 중요한 게 아니라고 나는 생각한다.

반년 만에 일본에 귀국했다. 일본에서 강하게 느끼는 것은 소비를 촉진하는 이런저런 방법의 교묘함이다. 마치 돈을 내지 않으면 행복을 얻을 수 없다고 세뇌하는 것 같다. 일본은 지금 물건도 서비스도 범람하고 있다.

겨울을 넘기다

유럽의 겨울은 길고 혹독하다. 특히 내가 있는 베를린을 비롯해서 북쪽은 겨울이 길다. 추위는 어떻게든 하겠는데 그보다 고통스러운 것은 밤이 길다는 것이다. 추위는 방한을 하면 되고, 집 안은 난방설비가 돼 있어서 도쿄의 자택보다 오히려 따뜻할 정도다. 내가 지금 사는 아파트도 중앙난방으로 각 방에 오일 히터가 있어서 손잡이를 돌리면 그 자리에서 따뜻한 물이 나온다.

나도 아직 한겨울을 베를린에서 보낸 적이 없지만 베를린에 사는 친구들은 한결같이 어둡다고 입을 모은다. 동지 무렵은 일조시간이 극히 미미해서 아침은 9시쯤 돼야 밝고, 오후에는 3시가 지나면 벌써 어둑해진다. 잠시라도 파란 하늘이 펼쳐지면 기분도 나아지겠지만 줄곧 묵직한 구름에 덮여 있으니 마음이 답답하다. 그래서 우울증이나 알코올중독인 사람도 많다고 한다. 밤이 기니까 술에 손이 가는 마음을 이해할 것 같다. 실제로 알코올을 손에서 놓지 못하는 노숙자들을 많이 본다. 겨울에는 심신의 균형을 잡고 살기가 아주 어렵다.

전에 라트비아에 갔을 때 흥미진진한 얘기를 들었다. 라트비아는 원래 자살률이 높은 나라였다고 한다. 그 통계를 냉정하게 분석해 보니 일조시간과 자살률이 밀접하게 연관되어 있었다. 요컨대 일조시간이 짧아지면 자살하는 사람이 많아진다. 그래서 라트비아에서는 일조시간이 짧아지는 시기에 빛 축제를 열었다. 인공적인 빛으로 거리를 밝게 하는 노력을 한 것이다. 그랬더니 자살률이 점점 줄어들었다고 한다. 아주 심플하고 합리적인 방법에 큰 박수를 보내고 싶다.

그런 얘기를 들어서 나도 겨울에는 의식적으로 방을 밝게 하려고 한다. 그리고 겨울에야말로 집 안에 틀어박혀 있지 않고 카페에 가거나 친구를 만나는 등 즐거운 일을 많이 만들려고 한다. 집에 있을 때는 밝은 음악을 듣는 것도 좋겠지.

겨울을 이겨내는 데 가장 마음의 지주가 되는 것은 크리스마스다. 도시 곳곳에 크리스마스 마켓이 열리고 사람들은 따뜻한 와인을 마시면서 가족과 친구의 선물을 고른다. 1년 중 가장 힘든 시기에 크리스마스라는 이벤트가 있는 것은 멋진 배려다.

처음 맞는 베를린의 겨울. 춥고 어둡다는 소리를 하도 많이 들어서 겁먹었지만 실제로 지나보지 않으면 모른다. 의외로 괜찮던걸, 하고 콧방귀 끼면서 봄을 맞는 자신을 기대하고 있지만.

목욕탕과 사우나

일본은 슬슬 매화가 봉오리를 맺는 계절이려나. 매화라는 말을 글씨로 쓰기만 해도 달달한 그 고유의 향이 뇌로 흘러들어 오는 것 같으니 나도 역시 어쩔 수 없는 일본인이다. 이따금 매화꽃이 너무나 그립다.

일본에 있을 때는 저녁 무렵에 곧잘 목욕탕에 갔다. 목욕탕이라고 썼지만, 그곳은 시내 한복판의 대형 목욕탕으로 온천이 나온다. 간선도로를 따라 노천탕도 있어서 그게 무엇보다 즐거웠다. 하루 일을 마치고 편도 30분의 길을 터벅터벅 걷다 보면 절로 기분전환이 된다. 계절의 변화를 느끼는 것도, 소설 아이디어가 떠오르는 것도 목욕탕 가는 길일 때가 많아서 내게는 최고의 포상이었다.

길에 있는 유치원 뜰에는 이 계절이면 매화나무에 꽃이 피기 시작한다. 처음에는 작은 봉오리이던 것들이 하루하루 봉긋해지다 어느 날 지나가다 보면 멋들어지게 피어 있다. 내게 찾아온 봄의 시작이었다. 목욕탕은 사계절 내내 다니지만 뭐니 뭐니 해도 아직 쌀쌀한 계절의 노천탕만큼 행복한 것이 없다.

온천 기분을 맛보기 위해 겨울이 되면 베를린 아파트의 욕조에 물을 받아서 진흙을 풀고 들어간다. 그러면 일본 온천 비슷한 느낌이 난다. 처음에는 그것으로 만족했지만 점점 욕

심이 생겨서 큰 욕조에 팔다리를 큰대자로 펴고 싶다, 하늘을 보면서 욕조에 들어가 있고 싶다, 그런 생각이 든다. 마침 그럴 때 친구가 사우나에 가자고 했다.

그런가, 사우나라는 방법이 있었던가. 사우나란 말을 듣고 제일 먼저 떠올린 것은 북유럽이지만 독일에도 사우나가 존재한다. 온천에는 들어갈 수 없지만 사우나로 몸을 따듯하게 하면 된다.

다만 한 가지 넘어야 하는 난관이 있었다. 독일 사우나는 거의 남녀 공용. 그것도 사우나 안에서는 완전히 알몸이다. 일본의 혼욕이 이렇고 저렇고 말할 게 아니다. 어째서 이렇게 됐는지 잘 모르겠지만 어쨌든 혼욕이 독일의 사우나 문화이다.

처음에는 놀랍고 저항감도 있었지만 실제로 가보니 아무도 빤히 보는 사람은 없어서 그런가 보다 생각하게 됐다. 그보다도 사우나에 들어가서 기분 좋게 땀 흘리는 쪽이 훨씬 상쾌했다.

참고로 독일에서는 사람들 앞에서 수유하는 엄마를 예사로 본다. 수유실이 따로 있지 않고 아기가 울면 엄마는 케이프로 가리는 법도 없이 자연스럽게 젖을 물린다.

그런 여유로운 행동이 독일의 장점이다.

온천에서 둥둥

온천에 다녀왔다. 작년부터 계획한 절친 3인조의 1박 2일 여행이었다.

잘 알려져 있지 않지만 독일에도 온천이 많이 있다. 당일치기로도 갈 수 있지만 기왕 가는 것이니 숙소를 예약하여 하룻밤 묵기로 했다. 독일에서 온천에 가는 것은 처음 있는 일.

베를린에서 열차와 버스를 갈아타고 약 두 시간이 걸리는 코스로, 점심때 출발해서 열차에서 점심을 먹기로 했다. 각자 가져온 음식을 펼쳐놓았다.

나는 주먹밥 3인분을 바구니에 담아서 가져왔다. 내용물은 자반연어로 일본에서 구워서 가져온 것이다. 평소 음식은 싱거운 걸 좋아하지만 유독 연어만은 얼간보다 훨씬 짠 것을 좋아한다. 거의 절임 생선 같은 것이어서 냉동하면 몇 개월 간다.

그 소중한 자반연어를 으깨서 밥에 섞어 주먹밥을 만들었다. 그 밖에도 친구들이 달걀말이와 버섯볶음, 풋고추구이 등을 가져와서 풍성한 점심 식사가 되었다.

우리가 있는 곳만 완전히 일본이었다. 마치 지금부터 이즈온천에라도 가는 기분이었다. 베를린에서 살짝 벗어나기만 했는데 차창에는 전원 풍경이 펼쳐졌다.

우리가 가고 있는 온천은 독일 동부, 폴란드와의 국경 부근으로 그곳에는 슬라브계 소수민족인 소르브인이 많이 산다. 그들만의 독자적인 언어와 문화가 있어서 독일에서도 특이한 지역이다.

온천 시설 자체는 아주 근대적이었다. 그야말로 독일이구나 싶은 시스템으로 먼저 놀란 것이 탈의실. 이런, 또 남녀 공용이다. 따로 나뉘어져 있는 것은 샤워실뿐이었다. 이것이 효율적인지 혼란을 부를 뿐인지는 마지막까지 알 수 없었지만.

수영복 착용 구역에는 풀장과 욕조, 사우나, 휴식 공간 등이 있고 노천탕도 있다. 일본인에게는 약간 부족한 듯한 미지

근한 느낌이었지만 남의 나라에서 불평할 수는 없다.

특이한 것은 이 탕이 사해와 거의 어깨를 겨눌 정도로 소금 농도가 짙다는 사실. 확실히 입에 들어간 물은 짰다. 요컨대 몸이 둥둥 뜬다.

이 '둥둥'이 기분 좋았다. 실은 전에도 에스토니아에서 바닷물 수영장에 들어간 적이 있는데 그곳에서의 둥둥 체험을 잊을 수 없다. 수면에 몸을 던지고 그저 둥둥 떠 있기만 할 뿐인데, 마치 우주 공간에 떠 있는 기분이 들더니 점점 의식이 아득해지며 명상을 하는 듯한 상태가 되었다.

결국 우리는 폐장 시간이 될 때까지 둥둥 떠 있었다. 양수 속에서 졸고 있는 태아의 느낌이 이런 것일지도 모른다.

우리 집의

맛

문화냄비로 밥을 짓다

우리 집은 항상 문화냄비에 밥을 한다. 문화냄비란 알루미늄 제의 속이 깊은 냄비로 전후에 밥을 맛있게 짓는 간편한 냄비로 개발됐다고 한다. 그러나 전기밥솥이 등장하면서 지금은 그림자를 감추고 있다.

나는 아직 문화냄비를 애용한다. 전기밥솥은 왠지 싫다. 매번 콘센트에 꽂고 사용 후에 일일이 속 뚜껑과 작은 부품을 씻는 것이 귀찮다. 게다가 문화냄비는 밥을 짓는 일 외에도 조림이나 찜에 사용하는 등 용도가 많다. 하지만 전기밥솥은 밥 짓는 것 외에는 사용할 데가 많지 않고 자리도 꽤 차지해서 거리를 두고 살아왔다.

단, 우리 집에는 전기밥솥 대신 정미 기계가 활약하고 있다.

이유는 간단하다. 맛있는 밥을 먹기 위해서다. 집에 정미 기계가 있으면 언제라도 갓 도정한 신선한 쌀을 맛볼 수 있다.

우리 집에 쌀을 보내주는 사람은 야마가타현의 농부 기요미즈 씨. 매번 현미를 5킬로그램씩 보내주어서 떨어질 때가 되면 팩스로 5킬로그램을 주문한다. 기요미즈 씨를 만난 지도 참 오래됐다.

집에서 도정하면 신선도가 좋은 쌀을 매번 먹을 수 있을 뿐만 아니라 쌀겨가 생겨서 좋다. 그걸로 집에서 누카도코를 즐긴다. 무농약 쌀의 쌀겨여서 안심하고 사용한다. 그러면 현미를 낭비 없이 다 먹을 수 있다.

요전에 우리 집에 새 문화냄비가 들어왔다. 몇 년 전부터 뚜껑 일부가 망가져서 간신히 사용하던 참이었다. 그러다 결국 똑같은 크기의 문화냄비를 새로 산 것이다.

흠집 하나 없는 반짝반짝 새 냄비에 갓 도착한 햅쌀을 도정하여 물을 붓고 불에 올렸다. 끓을 때까지는 강한 불, 달칵달칵하고 뚜껑이 들썩거릴 때쯤 되면 약한 불로 15분. 마지막 불을 끄기 직전에 10초 정도 다시 강한 불로 했다가 뜸을 들이면 완성.

반짝반짝 빛나는 은빛 밥알을 상상하며 기대에 부풀어서 기다렸다.

그런데 뚜껑이 꽉 닫혀서 아무리 당기고 두드려도 움쩍도 하지 않는 것이다.

낭패였다. 누카즈케도 준비하고 미소시루도 다 끓였는데 정작 중요한 밥이……. 검색해 보니 그럴 때는 다시 불에 올리는 것이 좋다고 한다. 얼음으로 식히는 것은 역효과라는 걸 알고 아연했다.

결국 뚜껑이 열린 것은 밥을 다 지은 지 한 시간이나 지났을 무렵으로 냄비 안의 밥은 퍼석퍼석해져 있었다. 이게 아닌데, 생각하면서 밥을 뒤적거리다 보니 불현듯 떠올랐다. 예전 냄비를 처음 사용할 때도 같은 일이 있었던 것을.

설날 음식과 소원 빌기

최근 몇 년은 도쿄에서 연말연시를 보내는 일이 많아졌다. 나는 이 시기의 도쿄가 1년 중 가장 좋다. 먼저 눈에 띄게 공기가 깨끗하다. 교통량이 줄어서 배기가스 방출이 적어졌을 것이다. 날씨도 대체로 맑아서 기분 좋은 파란 하늘을 마음껏 즐길 수 있다.

평소에는 부예서 잘 보이지 않는 후지산도 이 시기에는 우리 집 근처에서 또렷이 보인다. 후지산은 역시 아름답다. 산자락이 우아하게 펼쳐져서 후지산이 보일 때면 매번 횡재한 기분이다.

사람들이 모두 쉬고 있을 때는 공기 자체가 평온해지는 것 같다. 공기에 가시가 없다고 할까, 평소보다 지내기 편하다.

연말 며칠은 설날 음식 만드느라 거의 종일 주방에 서서 일한다. 해마다 꼭 만드는 것은 다테마키(일본식 달걀말이—옮긴이), 오색나마스(채소나 생어패류 초무침 등으로 주로 가열하지 않은 요리를 다섯 가지 색으로 어우러지게 차린 것—옮긴이), 검은콩조림. 특히 다테마키는 설 전날에 집중해서 만든다.

쓰키지에서 산 한펜(다진 생선살에 마 등을 갈아 넣고 반달형으로 쪄서 굳힌 식품—옮긴이)을 다져서 달걀과 섞어 약한 불에서 천천히 익히면 우리 집 특제 다테마키가 완성된다. 여유 있게 만들어서 이웃에 신세 진 분이나 지인에게 나눠주는 것이 연례행사가 되었다.

12월 31일 밤은 대부분 스키야키다. 스키야키라면 사전에 재료를 챙겨둘 수 있고 그다지 준비하는 데 수고스럽지 않다. 뒷정리도 간편하다. 추워서 제야의 종소리를 들으러 가는 일은 좀처럼 없다.

설날에는 도소주(설날 아침에 차례를 마치고 마시는 찬술—옮긴이)를 마시고 떡국을 먹고 오후에는 주야장천 연하장을 쓴다. 그리고 연하장을 우편함에 넣고 난 뒤, 신사에 새해 인사를 하러 간다. 1년 동안 잘 지켜준 하마야(잡신을 쫓기 위해 쏘는 화살. 지금은 정월의 재수를 빌기 위한 물건으로 신사에서 판매한다—옮긴이)를 들고 딸랑딸랑 방울 소리를 울리면서 강가의 한적한 산책길을 걷는다.

다른 사람은 어떤 소원을 비는지 모르겠지만 나는 언제나 마음속으로 같은 소원을 빈다. "올해도 살아 있는 모든 것이 평화롭기를!" 하고 기도했다.

언제부턴가 큰 목표는 세우지 않게 되었다. 하루하루 담담하고 평온하게 살아갔으면 좋겠다고 생각한다.

아, 그러나 역시 작은 목표는 몇 가지 있다. 그중에서도 독일어를 익히는 것은 작년부터 이어진 과제다. 40대에는 독일어에 도전하기로 한 것이다. 몇 번이나 베를린에 다니면서 이제야 그 생각을 했다니 느려도 너무 느린 게 아닌지 한심하기 그지없지만.

지금 눈앞에는 몇 권의 독일어 참고서가 널려 있다. 일단 페이지를 넘기는 것부터 시작해 볼까.

할머니의 핫케이크

어린 시절을 보낸 친정에는 석유난로가 있었다. 달마 난로(몸통만 있는 주물 난로—옮긴이) 비슷한 것으로 동그란 모양이었던 기억이 난다.

겨울이 되면 난로에는 항상 냄비가 올려져 있었다. 안에 든 것은 어묵이기도 했고 채소조림이기도 했다. 가족끼리 스키야키를 먹을 때도 난로에 냄비를 올리고, 그 위에 석쇠를 얹어 떡을 구웠다. 그래서 난로 주위에는 언제나 맛있는 냄새가 났다.

전에 살던 도쿄의 아파트도 석유난로로 난방을 했다. 일일이 펌프로 등유를 넣어야 했고, 도중에 등유가 떨어지기라도 하면 갑자기 불이 꺼지고 퀴퀴한 냄새로 가득해졌다. 사실 사용 방법은 절대 만만하지 않았다. 하지만 다른 난방으로 바꿀 마음이 들지 않은 것은 역시 거기에다 조리를 할 수 있어서였다. 사과를 깎아서 물이 없는 냄비에 담아두면 간단히 사과절임이 만들어지고, 약한 불로 오래 가열할 수 있어서 콩을 삶는 데도 안성맞춤이었다.

난방도 하고 요리도 하고 일석이조다. 무엇보다 집에 불이 있다는 사실만으로 마음이 안정된다.

유감스럽게 지금 사는 집은 바닥 난방이어서 석유난로를 사용하지 못하게 되었다. 화재 우려도 없고 발밑은 따뜻하여 쾌적하기 이를 데 없지만 역시 때때로 불이 그립다. 예전 같으면 무를 조리는 것도 그냥 냄비에 넣어서 난로에 올리기만 하면 됐는데, 지금은 일일이 가스에 올려서 조리해야 한다.

각로나 장작 난로는 진심으로 동경하지만 도시에서 사용하는 건 아무래도 무리다. 언젠가 그런 생활을 꿈꾸지만 지금은 역시 꿈에 지나지 않는다.

석유난로라고 하니 생각나는 광경이 있다.

초등학교 1학년 때였다. 할머니한테 “다른 집 엄마들은 케이크도 만들어주는데 할머니 간식은 왜 맨날 시시해" 하고 버릇없는 소리를 했다. 그러자 다음 날, 할머니가 난로에 프라이팬을 올리고 핫케이크를 구워주었다. 할머니는 메이지 시대 말기에 태어난 사람으로, 아마 케이크라는 이름이 붙은 걸 만드는 건 처음이었을 것이다. 흠칫흠칫 조심스러워하면서 핫케이크를 뒤집던 모습이 지금도 기억에 선하다. 그때 먹은 핫케이크보다 맛있는 핫케이크를 아직 먹어보지 못했다.

돌이켜보니 할머니의 애정이야말로 신이 준 선물이었다.

유리네와 간식

우리 집 강아지 이름은 '유리네'다. 문자 그대로 설날 요리에 등장하는 그 유리네(백합 뿌리—옮긴이)를 닮아서 붙인 이름이다. 우리 집에서는 딸이나 마찬가지인 존재다. 자식은 부부간의 꺾쇠라고 흔히 말하는데 개도 역시 꺾쇠다.

우리 유리네는 먹는 것을 세상없이 사랑한다. 대부분 개들이 먹보지만 유리네는 그 범위를 명확히 뛰어넘는다.

음식에 집착이 엄청나서 다른 집에 놀러 가면 제일 먼저 그 집 주방으로 달려가 먹을 게 떨어져 있지 않은지 확인한다. 아무리 타일러도, 때로는 프로 훈련사에게 교육을 맡겨도 산책 중에 주워 먹는 버릇이 고쳐지지 않는다. 대부분 개는 주의 깊게 냄새를 맡고 나서 그걸 입에 넣지만 유리네는 일단 입에 넣고 나서 먹을지 말지 판단한다. 이것은 강아지 시절에 제대로 교육시키지 못한 것이라고 크게 반성하고 있다. 주워 먹는 것은 자칫하면 생명에까지 문제가 있으니 어떻게든 못 하게 해야 한다.

유리네는 나와 남편이 "유리네" 하고 불러도 좀처럼 오지 않는다. 말을 걸어도 거의 무시한다. 그러나 간식이라는 단어에는 민감하게 반응하여 눈을 반짝거린다.

유리네는 곧잘 산책 중에 고집을 부리듯이 걷지 않으려고 할 때가 있다. 그럴 때도 "집에 가서 간식 먹자" 하면 잠시 생각하는 척하다가 말을 이해했는지 집으로 걸어간다. 만약 유리네가 내 손을 떠나 어딘가 멀리로 가버린다면 큰 소리로 "간식 먹을래?" 하고 불러야 한다. 이것은 유리네에게 마법의 주문이다. 여간 먹보가 아니다.

하지만 유리네를 보고 있으면 이래도 될까, 하는 의문이 생긴다. 먹는 데 집착이 너무 강해서 다른 데 관심이 없다. 인간을 포함하여 동물은 먹지 않으면 안 되지만, 그게 반대가 되어 먹기 위해 사는 것 같다.

비약이긴 하지만 일본도 그렇지 않을까. 일본은 식재료가 풍부하고 음식이 맛있기로 알려져 있다. 엄연한 사실이지만 먹는 데에 의식이 집중되어 다른 곳에 쏟아부어야 할 에너지를 소홀히 하는 게 아닐까, 하는 생각이 문득 든다.

날마다 맛있게 식사를 하는 것은 좋은 일이지만 너무 맛있는 것은 어쩌면 위험한 일이 아닐까. 우리 집에 있는 식탐 대마왕 반려견을 보면 조금 걱정이 되곤 한다.

모성

우리 집에 유리네가 오게 된 것은 불임 치료를 시도한 게 계기였다. 애초에 그다지 출산에 연연하지 않았지만 40대를 눈앞에 두고 지금이 마지막 기회라는 생각에 마음이 급해져서 밑져야 본전이라고 해본 것이다.

하지만 역시 마음이 석연치 않았다. 나는 원래 혈연을 고집하지 않는다. 오히려 가족이란 핏줄이 아니라 함께 보낸 시간이지 않은가, 하고 생각했다.

그즈음 이웃에 사는 침술원 선생님을 만났다. 전부터 침술원이 있다는 것을 알고 있었지만 그냥 지나치기만 했다. 그런데 어느 날 문득, 한번 들어가보고 싶은 마음이 든 것이다. 지금부터 3년 전 이야기다.

선생님은 개를 두 마리 키우고 있었다. 그때까지만 해도 개에게 특별한 감정이 없었다. 개와 고양이라면 개가 낫다고 생각하는 정도였다.

치료를 받으면서 다른 환자의 불임 치료 얘기가 나왔다. "실은 저도" 하고 고백하자 선생님이 "사람 자식이나 개나 마찬가지죠" 하고 온화하게 말했다. 그리고 최근 아주 마음에 드는 개가 있어서 세 마리째 가족으로 맞이하려고 생각 중이라고 했다.

"개를 키워본 적 있어요?" 하고 선생님이 물었다. "아니요. 가장 큰 게 토끼네요" 하고 대답했다. 그랬더니 "그럼 우리 집에 강아지 오면 가끔 보내줄 테니 시험 삼아 키워보는 건 어때요?" 하고 제안했다.

행동력 넘치는 선생님은 며칠 뒤에 세 번째 강아지를 들였다. 그리고 '고로'라고 이름 붙인 그 강아지를 나에게 데려가라고 바로 연락했다.

당황하면서도 데리러 갔더니 하얀 털에 군데군데 진한 회색 털이 섞인 사랑스러운 강아지가 집 안을 신나게 뛰어다니고 있었다. 예방접종 전이어서 아직 땅바닥에 걷게 하면 안 되기 때문에 퀼팅 가방에 넣어서 안고 조심조심 데려왔다.

부부 둘뿐인 생활에 느닷없이 개가 등장했다. 남편도 나도 금세 고로에게 빠졌다. 우리는 고로가 귀엽고 귀여워서 어쩔 줄 몰랐다. 고로를 만나는 주말이 한없이 기다려지고 선생님 집에 데려다줄 때는 안타까워서 미칠 것 같았다.

고로를 만나면서 내가 원했던 것의 정체를 깨닫게 되었다. 나는 애정을 듬뿍 쏟아서 키우고 사랑해 줄 존재에 굶주려 있었던 것이다. 모성을 쏟을 대상을 원했고, 그 대상은 선생님이 말한 대로 사람이든 개든 상관없었다.

이렇게 해서 우리 집에 주말에만 개가 오는 생활이 시작되었다.

무리로 살다

주말에만 개를 맡아서 키우는 경험을 통해 나는 조금씩 개의 세계를 알게 되었다. 어렸을 때 앵무새나 토끼는 키운 적이 있지만 개에 관한 지식은 거의 없었다. 앵무새나 토끼에 비하면 개는 압도적으로 감정이 풍부하고 사람과 가깝다.

지금까지는 부부 둘만의 생활이었다. 여행을 자주 가서 베란다에는 화분 하나 두지 않았다. 거기에 갑자기 개가 나타난 것이다. 우리와는 완전히 다른 모습을 한 다른 생물이 있다는 것 자체가 신선하고 신선해서 어쩔 줄 몰랐다.

우리 둘만 있을 때는 각자 다른 걸 하고 있어도 신경이 쓰이지 않았지만 거기에 개 한 마리가 더해지니 무리라는 느낌이 강해졌다. 가족이란 이런 거구나, 하고 피부로 느낄 때가 많아졌다. 특히 고로를 사이에 두고 내천자川 모양으로 자는 것은 세상에서 제일 행복한 일이었다.

그러나 고로는 임시로 데리고 온 개이고 우리는 정식 주인이 아니다. 처음에는 그 사실이 마음 편하고 좋았지만 점점 부족한 기분이 들었다. 무엇보다 일요일 저녁에 고로를 주인인 침술원 선생님 집까지 데려다줄 때가 제일 가슴 아팠다.

역시 좋은 점만 취할 게 아니라 제대로 책임감을 갖고 우리 집 개를 키우고 싶었다. 그렇게 결심하기까지 시간은 그리 오래 걸리지 않았다.

이렇게 해서 2년 전, 정식으로 개를 가족으로 맞이했다. 유리네라고 이름 붙인 개는 이름대로 새하얗고 털이 복슬복슬하다. 무엇보다 이제 누구한테도 어디에도 돌려주지 않아도 된다는 안도감이 나를 편하게 해주었다. 유리네는 진짜 가족이 되었다.

처음에 유리네를 데려올 당시에는 생후 3개월 정도로 아직 걸음걸이도 시원찮았다. 준비해 둔 강아지용 목줄도 헐렁헐렁하고 너무 작아서 실수로 밟지는 않을까 불안했다.

유리네가 하품을 하고 폴짝폴짝 뛰고 잠을 자는 일거수일투족을 보고 있기만 해도 행복해서 미칠 것 같았다. 다른 일은 아무것도 할 수 없었다.

침술원 선생님 말대로 사람이든 개든 별로 차이가 없었다. 다만 자식은 성장과 함께 부모에게서 자립하지만 개는 아무리 성장해도 사람을 떠나서는 살지 못한다. 그 점에서는 책임이 막중하다고 할 수 있다.

그리고 사람보다 훨씬 수명이 짧다는 것도 명심해 두어야 한다.

강아지 시절에는 확실히 귀엽지만 그건 겉모습의 귀여움이고, 커갈수록 나날이 애정이 깊어진다. 유리네는 매일매일 기쁨과 사랑스러움과 웃음 등등 셀 수 없을 만큼 많은 선물을 준다. 유리네 덕분에 부부의 유대도 돈독해졌다. 우리는 지금 완전히 한가족으로 살아가고 있다.

시야에 유리네가 있다. 그 사실만으로 가슴이 벅차다.

바움쿠헨

처음으로 베를린을 찾은 것은 2008년 봄이었다. 화이트 아스파라거스가 나오기 시작할 무렵이어서 또렷이 기억한다.

계기는 일본 항공사의 기내지에 원고를 쓰기 위해서였다. 청탁을 받은 일이어서 내가 선택한 여행은 아니었다. 베를린이 처음일 뿐만 아니라 독일 어느 곳도 가본 적이 없었다. 내게 독일은 완전히 미지의 나라였다.

그런 내가 지금은 베를린에 아파트를 얻어서 살고 있다. 만약 그때 기내지 일을 의뢰받지 않았더라면 이런 미래도 없었을 거라고 생각하니 인연이란 생각할수록 신기하다.

겨우 며칠 머물렀지만 그때 느낀 베를린의 공기가 너무나 좋았다. 사람들이 모두 제각각의 방법으로 자유롭게 살고 있었고, 살아 있는 지금을 진심으로 즐겼다. 내 눈에는 그렇게 보였다.

시내 중심에 큰 공원이 있고 도로에도 가로수가 많아서 초록색이 많은 것도 인상에 남았다. 수목이 많으니 내가 너무 좋아하는 새소리도 곳곳에서 들려왔다. 아마 그때 시내를 안내해 준 가이드의 역량도 컸을 것이다. 그녀 덕분에 베를린에 푹 빠지게 되었으니.

출발 전에 가이드가 베를린에서 꼭 하고 싶은 것이 무엇인지 물어서 냉큼 말한 것은 바움쿠헨이었다. 독일에 가면 분명히 맛있는 바움쿠헨이 있을 거라고 생각했다.

지금 생각해 보면 그 대답이 얼마나 난해한 것이었나 싶지만, 당시에는 독일 하면 바움쿠헨이라는 이미지밖에 없었다. 그러나 실제로 독일에서 바움쿠헨은 그다지 주류가 아니었다. 젊은이들 중에는 바움쿠헨 자체를 모르는 사람도 있을 정도다.

베를린에도 바움쿠헨을 파는 가게는 몇 집 있었지만 솔직히 말해서 맛은 일본 바움쿠헨 쪽이 훨씬 좋았다.

바움쿠헨뿐만 아니라 전반적으로 독일 과자는 크기만 크고 극단적으로 달거나 밋밋하다. 그래서 독일어로 구운 과자를 의미하는 '쿠헨'을 비꼬아서 '쿠에헨(일본어 쿠에헨食えへん은 오사카 사투리로 안 먹는다, 혹은 못 먹는다는 뜻—옮긴이)'이라고 무시했던 것이다.

그런데 최근 몇 년 사이, 쿠에헨 사정에도 변화가 생겨서 우리 집 근처에서도 맛있는 케이크를 먹을 수 있게 되었다. 물론 한 집은 프랑스 과자점이고 다른 한 집도 영국 치즈케이크 전문점이어서 엄밀히 말하면 독일 과자가 아니긴 하다. 그런 점은 독일인과 마찬가지로 나도 별로 연연하지 않기로 했다.

여름에 열리는
와인 축제

독일 와인은 달기만 하고 맛이 없다고 생각하는 사람들이 많다. 예전에는 나도 그랬다.

그렇지 않다는 걸 안 것은 실제로 독일에 와서 와인을 마시게 된 뒤부터. 일본에 수입된 독일 와인이 달달한 타입이었던 탓에 오해를 받은 것 같다.

독일은 맥주라는 인상이 강하지만 실은 와인도 만만치 않다. 특히 화이트 와인은 수준이 높다. 나는 리슬링이라는 품종의 화이트 와인을 즐겨 마신다. 맛이 깊어서 값이 싸도 안심하고 마실 수 있다.

금요일 저녁에 친구들과 광장에 모여서

와인을 즐기기로 했다. 베를린 중심부에서 조금 떨어진 곳이지만 와인을 좋아하는 사람들 사이에 알음알음으로 알려진 장소다.

이 광장에서 한여름 동안 와인 명산지의 와인 농가에서 직접 만든 와인을 가져와 판다. 그리고 일정 기간이 지나면 다른 와인 농가가 또 자신들의 와인을 가져온다. 여름 한철에 같은 장소에서 여러 농가의 와인을 맛볼 수 있다.

오후 6시 반쯤 약속 장소에 가니 이미 광장은 사람들로 넘치고 있었다. 초록이 풍요로운 공원의 한 귀퉁이에는 긴 의자와 테이블이 줄지어 있고, 어느 테이블에나 먹음직한 요리가 차려져 있었다. 이 와인 축제는 와인만 제공해서 음식은 각자 가져온다. 집에서 가져온 흰색 테이블보를 깔고 우아하게 만찬을 즐기는 사람들도 있었다.

배운 지 얼마 안 된 독일어로 간신히 자리를 확보한 후 한 사람씩 와인을 사 왔다. 청주를 찰랑찰랑 따르는 느낌으로 와인 잔 가득하게 와인을 따라주는데, 그 손 큰 동작이 너무나 독일 같아서 웃었다. 흘리지 않도록 신중하게 들고 테이블까지 와서 건배했다. 친구가 만들어 온 샌드위치며, 밭에서 갓 딴 딸기 등을 먹으면서 파란 하늘 아래 와인을 즐겼다.

같은 테이블에는 70대 엄마와 아들, 그 옆에는 스페인어를 쓰는 그룹이 앉아 있었다. 도중부터 서로 인사를 나누고 몇 번이나 다 같이 건배를 하고 음식을 교환하는 등 분위기가 한껏 타올랐다. 아들과 함께 온 엄마는 참 느낌이 좋은 사람으로 명랑하기 그지없었다. 더듬거리는 초보 독일어로 독일인과 얘기를 한 것이 기뻤다.

신기한 것은 밤 9시 반쯤 축제가 끝날 시간이 되자 모두가 눈 깜짝할 사이에 사라진 것이다. 시간에 정확한 독일인 기질이 잘 나타난다. 우리는 근처 비스트로로 이동해서 더 마시느라 집에 돌아온 것은 새벽 1시가 지나서였지만. 짧은 여름을 즐기는 최고의 방법이었다.

서프라이즈

테겔 공항으로 남편을 마중 나갔다. 남편에게는 집에서 기다리고 있겠다고 전한 터라 극비였다. 물론 유리네도 함께였다.

지난 3개월 동안 남편은 도쿄에서, 나는 베를린에서 살았다. 사귄 지 20여 년, 결혼한 지도 17년이 지났지만 이렇게 오래 떨어져 사는 것은 처음이었다. 약간 불안하기도 했지만 해볼 수밖에 없다. 순탄하지 못하면 그때 또 생각하면 된다고 마음먹었다.

우리가 만났을 무렵에는 아직 휴대전화도, 메일도, 인터넷도 일상적으로 사용하지 않았다. 그런데 지난 20년 동안 환경은 극적으로 변화하여 세계 어디에 있어도 인터넷만 연결되면 상대의 얼굴을 보면서 게다가 공짜로 얘기할 수 있는 시대가 되었다. 손에 동전을 꼭 쥐고 일분일초 초조한 마음으로 외국에서 전화를 걸던 시절은 이제 끝났다.

우리 부부도 문명의 이기를 충분히 즐겼다. 그러지 않았더라면 독일과 일본에서 3개월이나 떨어져 살지 못했을지도 모른다. 하루에도 몇 번씩 가볍게 얼굴을 보고 얘기할 수 있으니 솔직히 그리 외로움은 느껴지지 않았다. 특히 내 경우는 유리네도 함께 있어서 더 외로움을 느끼지 못했다.

하지만 도쿄에서 혼자 지낸 남편은 그렇지 않았던 것 같다. 나하고는 얼굴을 보고 얘기하는 등 소통을 취했으니 괜찮지만 유리네와는 전혀 소통을 하지 못했다. 아무리 남편이 화면에 대고 불러도 유리네는 들리지 않는지 통 관심이 없다. 남편한테는 나보다 유리네와 떨어져 있는 것이 더 슬펐던 것 같다. 어느샌가 사람 둘과 개 한 마리가 떨어지려야 떨어질 수 없는 가족이 되었다.

각설하고, 남편을 태운 비행기가 도착한 오후 6시. 나와 유리네는 테겔 공항 도착 로비에서 이제나저제나 남편이 나오기를 기다렸다. 남편은 설마 우리가 거기 있을 줄은 생각지도 못하고 있다. 유리네에게 "환영합니다!"라고 독일어로 쓴 플래카드를 목에 걸어주었다. 유리네는 목에 걸린 플래카드가 성가셨겠지만 서프라이즈 연출이니 잠시 참아달라고 했다. 모든 것이 3개월 만에 만나는 가족의 재회를 위해서다.

약간 지친 표정의 남편이 양손에 캐리어를 끌면서 출구에 나타났다. 우리 앞을 그냥 지나칠 뻔해서 황급히 불렀다. 나와 유리네를 보자마자 얼굴이 환해졌다.

우리는 아파트에 돌아와 맥주로 건배했다. 가족이 간신히 한 지붕 아래 살게 되었다. 일단은 남편이 무사히 이곳까지 온 것에 안도했다.

우엉 같은 것

근처 슈퍼마켓에서 우엉 같은 것을 발견했다. 어디를 어떻게 봐도 우엉이지만 지금까지 일본 이외의 나라에서 우엉을 본 적은 없다. 게다가 아시아계라면 몰라도 이곳은 베를린에 있는 극히 평범한 슈퍼마켓이다.

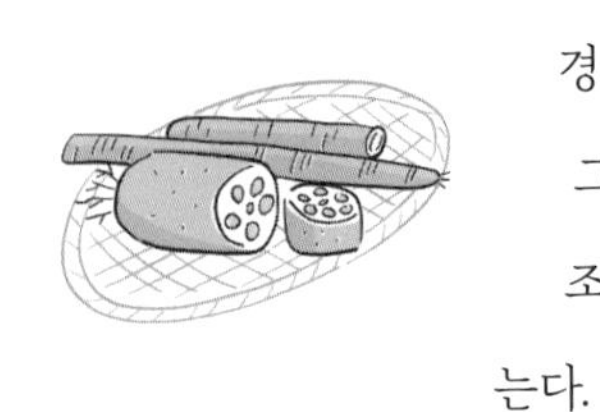

외국에서 뭐가 제일 그리운가 하면 내 경우 연근이나 마 같은 뿌리채소다. 그래서 오래 일본을 떠날 때는 건조된 것을 가져와서 조금씩 아껴 먹는다.

우엉 같은 것을 사서 신나서 집에 돌아와 독일어 사전을 찾아보니 역시 우엉이었다. 얼른 소고기우엉조림을 만들어서 반찬으로 먹기로 했다.

그런데 우엉에 칼을 댔더니 뭔가 모양이 다르다. 껌이 붙은 것처럼 끈적끈적하다. 그래도 우엉이라고 믿고 싶은 나는 무리하게 요리를 계속했다. 머릿속은 식물섬유가 듬뿍 든 우엉의 식감으로 가득하다. 기대는 최고조에 달했다.

우엉은 몹시 빨리 익었다. 평소라면 도중에 간을 보지만 이번에는 무서워서 그러지 못했다. 식탁에 음식을 차려놓고 남편을 불렀다.

"오늘 말이야, 슈퍼에 우엉이 있어서 소고기랑 조려봤어."

그렇게 말하고 먼저 맛을 보게 했다.

"어때?"

"으음."

남편의 얼굴이 흐려졌다. 역시 그런가…….

각오하고 우엉을 입에 넣어보았다. 나도 남편과 같은 표정이 된다. 미묘하다. 우엉이지만, 정말로 우엉인가? 하는 느낌. 우엉을 닮긴 했지만 기대했던 우엉과는 달랐다. 뭐랄까, 참마같이 사각사각한 식감이다. 참마와 우엉 혼종이라고 한다면 이해가 될지도 모르겠다.

만사가 이런 식이니 실패는 당연한 것. 해외에서 제대로 된 일식을 먹으려면 고생이다. 게다가 쌀도 간장도 미소도 뭐든 다 비싸다. 그래도 오래 있으면 일본 음식이 그리워져서 다들 직접 만들 수 있는 것은 만들어 먹는다. 내 친구는 우동 면을 직접 뽑고, 다른 친구는 작년에 미소를 손수 담갔다. 나도 해봐야지!

먼저 낫토 만들기에 도전했다. 낫토도 구하려면 구할 수 있지만 비싸서 자주 사 먹지 못한다. 직접 만들면 좋아하는 낫토를 밥에 듬뿍 올려서 먹을 수 있겠지. 그런 생각으로 일본에서 낫토 균을 가져왔다.

삶은 콩에 낫토 균을 섞은 뒤 만 하루 동안 보온해야 한다고 해서 보온 물주머니를 활용했다. 그다음은 이따금 물주머니에 뜨거운 물을 갈아주고 사용하지 않는 이불로 감싸두면 된다. 자, 결과는?

제대로 낫토가 만들어졌다. 여기에 간장과 올리브유를 뿌려서 먹는 것이 베를린에서 나만의 낫토 먹는 방법이다.

나만 알고 싶은 레스토랑

이탈리아에 무척이나 좋아하는 레스토랑이 있다. 그곳에 처음 간 것은 3년 전 여름으로, 너무 맛있어서 여행 계획을 급히 변경하여 돌아오는 길에 한 번 더 찾아갔을 정도다. 오로지 그곳에서 식사를 하기 위해 이탈리아에 가는 것이 허풍이 아닐 정도로 내가 좋아하는 곳이다.

1934년에 창업한 그 레스토랑은 가족이 경영하는 가게다. 장소는 북이탈리아 산간의 작은 마을로 가장 가까운 역은 볼로냐지만, 그곳에서도 차로 30분 이상 걸린다. 즉 절대로 교통이 편리한 곳에 있는 레스토랑이 아니다. 그런데도 맛있는 식사를 즐기러 오는 손님들로 연일 붐빈다. 아마 그 마을 사람들에게 큰 자랑거리일 것이다. 마을의 얼굴이라고 할 수 있는 존재다.

그런 외진 곳에 있으면서도 모든 것이 초일류라는 사실이 대단하다. 먼저 그 자태부터 늠름하다. 반짝반짝 닦아놓은 창, 새하얀 마 커튼과 테이블보, 장식해 놓은 오래된 그릇 등 어디를 어떻게 둘러보아도 등이 꼿꼿하게 펴진다. 그렇다고 절대 사람을 긴장시키지 않는다. 괜히 고상한 척하지 않는 점이 이 가게의 장점이다.

지난번에 친구와 왔을 때는 근처에 사는지 슬리퍼를 신은 남성이 혼자 와서 파스타만 먹고 돌아갔다. 그런가 하면 모두 정장을 한 가족 3대가 몇 시간에 걸쳐서 생일 파티를 하기도 했다. 그 품의 넓이에 감탄했다.

나도 파스타만 먹고 가볍게 왔다가 가볍게 돌아가고 싶지만 아직 그런 여유는 부릴 수 없어서 전채 요리부터 확실하게 맛보았다.

일흔 살에 첫 이탈리아 여행이라는 친구는 처음에 나온 타르타르스테이크에 이미 반했다. 익히지 않은 부드럽고 신선한 소고기 위에 도로로콘부(다시마를 가늘게 썰어서 만든 식품—옮긴이)만큼이나 얇게 썬 송로버섯을 올려서 입에 넣으면 숲 냄새가 화악 풍긴다. 한 입, 두 입 정신없이 먹다 보니 접시는 눈 깜짝할 사이에 비었다. 어느 요리나 그랬지만 소금 간이 절묘했다.

그리고 우리의 목표였던 수프 파스타. 콩소메 수프에 돼지고기 등의 내용물을 채운 정말로 작은 파스타인 토르텔리니가 들어 있다. 몇 번을 먹어도 또 먹고 싶은 맛이다. 아주 작은 만두 같은 파스타를 손으로 만드는 것은 아찔한 작업이다. 이탈리아를 남과 북으로 나눈다면 나는 단연코 북이탈리아가 좋다. 이 토르텔리니는 그야말로 성실하고 예의 바른 북이탈리아 사람들의 기질을 상징하는 듯해서 먹을수록 점점 더 북이탈리아를 좋아하게 된다. 나만 알고 싶은, 하지만 모두에게 소개하고 싶은 비장의 가게다.

변화하는 몸

30대에 두 번 몽골에서 유목민 생활을 체험했다. 처음에는 극한이라고 하는 겨울이었고 두 번째는 여름이었다. 여름에는 3주일 동안 머물렀는데 대부분을 시골의 게르(몽골인들의 이동식 천막집—옮긴이)에서 보냈다.

첫 번째 갔을 때는 즐거웠다. 추웠고 사생활 따위 전혀 확보되지 않은 공간이었지만 몽골인 일가와 가족처럼 같이 자고 일어났다. 불 주위에서 보낸 시간이 더할 수 없이 좋았다.

하지만 두 번째 갔을 때는 가혹했다. 일단 머문 시간이 길었고, 장소도 수도인 울란바토르에서 차로 몇 시간이나 걸리는 곳으로 인터넷이 전혀 되지 않았다. 낮에는 혹서, 밤에는 극한이라는 기온 차 때문에 밤에 너무 추워서 잠을 못 자는 일도 많았다. 매일 밤마다 일정을 변경하여 내일은 일본에 돌아가야지 생각했다.

하지만 비행기는 매일 있는 게 아니어서 돌아가려고 마음먹는다고 그렇게 간단히 돌아갈 수 있는 문제가 아니었다. 인터넷이 연결되지 않으니 정보도 완전히 차단되었다. 결국 당초 예정대로 3주를 보내고 일본으로 돌아왔다. 3주 만에 만난 남편은 첫마디가 "눈빛이 짐승 같네. 살기등등해서 무서워"였다.

스스로는 그런 자각이 없었지만 몽골에서의 가혹한 생활이 나도 모르게 야성을 이끌어냈을지도 모른다.

무엇이 가장 가혹했는가 하면 식사다. 채소가 전혀 없었다. 몽골의 유목민들 중에는 평생 한 번도 채소를 먹어보지 못한 사람도 있다고 한다. 식사의 중심이 되는 것은 고기와 유제품. 아침, 점심, 저녁 전부 고기가 메인이다.

채소 중심에 고기보다 생선을 즐겨 먹는 내 식생활과는 완전히 반대였다. 그러다 보니 몸이 비명을 지르며 시위를 했다. 그 후 외국에 갈 때는 냉동 건조된 미소시루나 전병을 챙긴다.

하루에 한 번이라도 익숙한 맛을 먹음으로써 리듬을 고르고, 익숙하지 않은 식사의 위화감을 없앨 수 있기 때문이다.

그런 내가 베를린에 살면서 채소는 있지만 생선은 자주 먹지 못해 또다시 고기가 메인이 되었다. 결과적으로 거의 반년 동안 생선을 먹지 않고 살았다. 그랬더니 놀라운 일이 일어났다.

일본으로 돌아오자 이번에는 몸이 생선을 받아들이지 못했다. 물론 먹는 것은 가능하지만 예전처럼 맛있지 않았다. 오랜만에 생선을 먹을 수 있는 환경이라 너무 많이 먹어서인지도 모르지만, 생선보다 고기를 더 원하게 되었다. 이런 변화에 나도 깜짝 놀랐다.

몸이 베를린의 환경에 순응한 것이리라. 몽골에서 겪은 고통스러운 경험을 거쳐 내가 조금 성장한 것 같아서 기뻤다.

자화자찬

어린 시절, 아침은 반드시 밥과 미소시루였다. 아침 식사로 빵을 먹은 기억은 거의 없다. 왠지 빵을 먹는 것이 우아해 보여서 어릴 때는 그런 아침 식사를 부러워했지만, 역시 아침은 밥이 아니면 안 되는 체질이 되었다.

해외 생활도 미소시루가 있는가 없는가에 따라 컨디션이 달라진다. 아무리 맛있는 음식을 먹어도 매일 계속 먹으면 힘들어져서 "아, 미소시루 먹고 싶다" 하고 몸이 먼저 원한다. 내 경우 밥보다 오히려 미소시루에 대한 동경이 강하다. 무엇이 어찌 됐건 미소시루다. 그래서 해외여행을 갈 때도 수호신처럼 인스턴트 미소시루를 가져간다.

올겨울 나는 미소 만들기에 도전했다. 실은 몇 년 전에 일본에서도 만들어본 적이 있다. 그러나 좀처럼 생각한 맛이 나오지 않아서 역시 프로에게 맡기자고 생각했다.

지금은 1년의 대부분을 베를린에서 보내고 있다. 물론 베를린에서도 미소를 살 수 있지만 내가 좋아하는 것을 고를 정도의 선택지는 없다. 보존료나 화학조미료 등 첨가물이 들어 있는 것도 적지 않아서 직접 만드는 것이 가장 안심이 되지 않을까 하는 결론에 이르렀다. 베를린에 사는 친구들은 직접 미소를 담근다.

다행히 베를린에도 누룩을 만드는 사람이 있어서 누룩은 그곳에서 구할 수 있었다. 생누룩으로, 보리누룩과 현미누룩 두 종류가 있다. 기왕이면 양쪽을 다 사용하여 맛을 비교해보기로 했다.

미소의 원료는 누룩과 콩, 소금뿐이다. 콩을 삶든지 쪄서 블랜더에 간 다음, 만들어놓은 누룩과 소금을 넣기만 하면 된다. 나처럼 압력솥이 없는 경우는 콩을 찌는 데 시간이 걸리지만 작업은 지극히 간단하다.

예전에 만들 때는 블랜더를 사용하지 않고 절굿공이로 콩을 으깼다. 그편이 수제라는 느낌이 더해서 맛있어지지 않을까 기대한 것인데 도중에 지쳐버렸다. 이번에는 블랜더에 맡겼더니 그것만으로도 만들기가 훨씬 수월해졌다.

그다음은 곰팡이가 생기지 않도록 주의하며 잘 재우는 것뿐. 다만 베테랑의 말에 따르면 곰팡이가 생기는 게 당연하다고 한다. 그러니 그렇게 예민해질 필요는 없을지도 모른다.

우리 집 미소도 슬슬 먹을 때가 됐으려나. 봄이 되어 따듯해지면 친구들과 서로 직접 담근 미소를 교환하는 것도 베를린에서 사는 즐거움이다.

인생은 주사위 놀이

목욕탕 다니기

초저녁이 되어 〈유야케코야케〉(초저녁이 되면 초등학생들에게 집으로 돌아가라고 시보로 울리는 동요. 각 지역마다 울리는 시간이 다르다—옮긴이) 음악이 들리면 서둘러 목욕 도구를 들고 산책을 나간다. 목적지는 이웃 동네에 있는 천연 온천이다. 온천이라고 해도 동네에 있는 시설이어서 공중목욕탕보다 조금 나은 정도다. 바로 옆으로 큰 도로가 나 있다.

편도 30분 정도의 길을 매일 운동 겸해서 다닌다. 길가에 흔들리는 풀꽃에서 계절의 변화를 느끼며, 드문드문 있는 개인 가게를 구경하면서 걷는다. 요전에는 생각지도 못한 곳에서 생각지도 못한 잡화점을 발견했다.

한 차례 둘러보고 바로 가게를 나올 생각이었는데 타자기

한 대가 눈에 띄는 바람에 주인과 타자기에 관한 수다를 떨다가 밖으로 나오니 해가 저물어 있었다. 우연한 만남이 있는 것도 목욕탕을 다니는 즐거움이다.

목욕탕 손님은 동네 사람들이 많다. 동아리 활동을 마친 중학생이 친구들끼리 오는가 하면, 일을 마친 주부가 저녁상 차리기 전에 들르기도 한다. 어린아이 손을 잡고 온 젊은 엄마의 모습도 있다. 공사 현장에서 일을 마치고 온 작업복 차림의 남성도 있다. 천 엔을 내면 잔돈을 받을 수 있는 목욕 요금은 서민에게 정말 고마운 가격이다. 일상의 소소한 사치랄까.

머리를 감고 몸을 씻은 다음 노천탕에 몸을 담그고 마음껏 휴식을 취한다. 도로 바로 옆이라고는 하지만 노천탕은 노천탕, 하늘은 하늘이다. 태어난 그대로의 모습으로 돌아가서 후우, 하고 한숨을 내쉬면서 커다란 욕조에 팔다리를 쭉 펴고 있으면 행복하기 그지없다. 이 해방감을 이기는 것은 없으리라. 아, 물 좋다.

알몸이 되면 그 사람의 직업도, 나이도, 결혼 유무도 혹은 이혼한 적이 있는지도 전혀 모른다. 있는 것은 각자의 몸뿐이다. 순수한 자신으로 돌아갈 수 있는 것은 정말 소중하다고 생각한다.

온천은 정보 교환의 장이기도 하다. 옆 욕조에서 꽃핀 아주머니들의 이야기에 귀를 기울이다 슈퍼마켓의 할인 정보를 얻기도 한다. 아무도 내가 책을 쓰는 사람이라고 생각하지 않기 때문에 마음 편하게 말을 건다. 때로는 잔소리를 듣기도 하지만 너무나 신선해서 기분이 좋아진다. 선생님이라고 불리는 것은 딱 질색이다.

작가라고 누구나 선생님이 되는 것은 아니다. 선생님이라는 호칭이 어울리는 작가도 있지만, 나처럼 어울리지 않는 사람도 있다. 온천에서는 이름표를 붙이는 것도 아니니 선생님이라고 불릴 공포도 없다.

모두 다 그냥 사람. 그 이상도 그 이하도 아니다.

화내는 사람

화내는 사람이 있다. 여기서 '화내는'은 걸핏하면 화를 내는 걸 말한다. 화를 내는 발연점이 너무 낮아서 한번 분노에 불이 붙으면 자신도 끄지 못한다. 감정이 가는 대로 상대에게 마구 퍼붓는다.

물론 정당한 화라면 사과해야 한다. 자기가 잘못해서 상대를 화나게 했다면 솔직하게 사과하는 것은 당연한 일이다. 하지만 그렇지 않은 경우, 이쪽에서 보자면 본의 아닌 화도 확실히 존재한다. 그런 화가 최근 늘어난 듯하다. 사회 전체에 스트레스가 쌓여 있는 것과 SNS 등의 소통 수단이 늘어난 것도 관계가 있지 않을까.

나는 되도록 그러고 싶지 않고 그런 불씨를 가진 상대와는 일상 속에서 접점을 갖지 않으려고 주의한다. 그런 사람은 한번 화가 나면 대책이 없고, 자신의 정당성을 주장하기 위해 상대를 끝까지 공격하기 때문이다.

전에는 본의 아닌 분노에 나도 똑같이 화를 냈다. 하지만 분노에 분노로 대응해 봐야 아무것도 해결되지 않는다는 것을 40년 산 경험으로 깨우쳤다.

분노에 분노로 응하는 것은 불에 기름을 붓는 것. 무시하는 것이 가장 좋지만 여기에는 상당한 인내가 필요하다. 상대가 자기 마음대로 저주하고 기분 상하는 말을 퍼붓는데도 잠자코 듣기만 하는 것은 정말 어려운 일이다.

상대의 분노가 자연적으로 소멸된 뒤 나의 불만을 냉정하게 전하는 방법도 있지만, 그런 사람은 거기서 또 분노가 재발할 우려가 있으므로 하여간 다루기가 어렵다. 상관하지 않는 게 가장 낫다.

분노의 스위치가 쉽게 켜지는 사람들을 자세히 관찰하다 보면 언제나 겁을 먹고 있다. 누군가가 자신에게 해를 가하지 않을까 벌벌 떨고 있다. 걸핏하면 짖는 개와 구조는 같다.

누군가가 자신에게 해를 가하지 않을까 늘 겁먹고 있으니 상대가 자신을 포옹하려고 드는 손을 때리는 걸로 착각하여 상대를 먼저 때린다. 모든 일을 나쁘게 받아들여서 결과적으로 자기부터 나쁜 흐름 쪽으로 몸을 맡기게 된다. 본인도 지치겠지만 그런 사람을 상대하는 주위도 피폐해진다.

모든 일을 낙관적으로 받아들이는가 비관적으로 받아들이는가는 살아가면서 아주 중요한 일이 아닐까. 나는 낙관적으로 하루하루를 너그럽게 살아가고 싶다.

만약 운 나쁘게 화내는 사람을 만나 그 화에 말려들게 되면 나도 같이 화내기 전에 명상을 하려고 한다. 일단은 호흡을 차분히 하고 냉정해지기 위해.

나의 행복과
누군가의 행복

나는 매일 밤 잠들기 전과 아침에 일어날 때, 이불에 누운 채로 명상을 한다. 마음속으로 매번 같은 말을 한다. 내용은 좀 길어지겠지만 대개 이런 말이다.

내가 행복해지기를. 내 고민과 괴로움이 없어지기를. 내가 바라는 것이 이루어지기를. 내게 깨달음의 빛이 내리기를.

내 친한 사람들이 행복하기를. 내 친한 사람들의 고민과 괴로움이 없어지기를. 내 친한 사람들이 바라는 일이 이루어지기를. 내 친한 사람들에게 깨달음의 빛이 내리기를.

살아가는 모든 생물이 행복하기를. 살아가는 모든 생물의 고민과 괴로움이 없어지기를. 살아가는 모든 생물이 바라는 일이 이루어지기를. 살아가는 모든 생물에게 깨달음의 빛이 내리기를.

내가 싫어하는 사람들도 행복해지기를. 내가 싫어하는 사람들의 고민과 괴로움이 없어지기를. 내가 싫어하는 사람들이 바라는 일이 이루어지기를. 내가 싫어하는 사람들에게 깨달음의 빛이 내리기를.

나를 싫어하는 사람들도 행복해지기를. 나를 싫어하는 사람들의 고민과 괴로움이 없어지기를. 나를 싫어하는 사람들이 바라는 일이 이루어지기를. 내가 싫어하는 사람들에게 깨달음의 빛이 내리기를.

그리고 마지막으로 한 번 더 살아가는 모든 생물이 행복하기를, 하고 마친다.

처음에는 좀처럼 머리에 들어가지 않았지만 외우고 나면 간단하다. 특히 내가 싫어하는 사람과 나를 싫어하는 사람의 행복을 비는 데 저항이 있었다. 그러나 지금은 아무렇지도 않다.

이것은 '알루보물레 스마나사라'라는 스리랑카 출신 승려가 제창한 명상법이다. 만난 지는 그럭저럭 10년이 넘었다. 지인에게 소개받은 스마나사라 씨의 책을 읽고 이 명상법을 알게 되었다.

이 명상법이 좋은 것은 제일 먼저 자신의 행복을 기도한다는 점이다. 자기 자신이 행복을 모르는데 다른 누군가를 행복하게 할 수는 없다. 나는 누군가를 행복하게 하려는 생각 자체가 교만이라고 생각했다. 그러나 내 행복의 연장선에서 누군가의 행복도 있는 것이라면 그건 정말 좋은 일이라고 생각한다.

스마나사라 씨는 불교는 종교가 아니라 마음의 과학이라고 말한다. 사람들이 더 쾌적하게 살기 위한 안내서 같은 것일지도 모른다. 명상을 일상적으로 하게 된 뒤 조금씩 살아가는 것이 편해졌다. 관심 있는 분은 꼭 시험해 보시기를.

몽골의 하늘,
가마쿠라의 바다

내가 도쿄에 온 것은 열여덟 살 때였다. 도쿄의 대학에 진학하는 것은 당연한 일이고 그대로 도쿄에서 취직하는 것도 당연한 줄 알았다. 그러나 사실은 어디에 살아도 좋다. 자기가 살고 싶은 데 살면 되는 것이다.

그 사실을 가르쳐준 곳이 몽골이었다. 처음으로 몽골에 간 것은 2009년이었던가. 몽골에서는 극한이라고 하는 3월에 유목민 하야나 씨 집에서 민박을 했다. 집이라고 썼지만 게르, 즉 텐트다. 유목민인 그들은 몇 년 후 풀이 날 상황을 예측하면서 양들과 함께 이동하여 그때마다 게르를 세우고 생활한다.

반지름 수 미터 정도의 공간에 사람만 8명, 양까지 더하면 대식구로 프라이버시란 건 전혀 없다. 화장실은 물론 바깥에 있고 낮에 모아둔 태양광을 전기로 아주 조금 사용할 수 있을 뿐 모든 것이 도쿄의 생활과 거리가 멀었다.

하야나 씨의 게르를 떠나는 날, 나는 땅바닥에 큰대자로 누워보았다. 올려다본 하늘에는 유유히 구름이 흐르고 바로 옆에 생물의 기척을 느꼈다. 기분이 너무나 좋았다. 그때 나는 소중한 사실을 깨달았다.

내게 의사만 있다면 이곳에서 유목민으로 살아가는 것도 불가능하지 않다는 것. 나는 그만큼 자유롭게 어디에든 살 수 있다는 사실을 또렷이 자각했다. 그렇게 생각하고 나니 모든 것이 너무나 편안해졌다. 나를 속박하고 있는 것은 다름 아닌 나 자신이었다.

그때까지 나는 작가란 이래야 한다는 한심한 고정관념에 묶여 있었다. 그러나 몽골의 땅바닥에 누워 있는 동안 그것이 얼마나 진부하며 자신을 좁은 방에 가두는 생각인지를 깨달았다. 그때 몽골에 가지 않았더라면 나는 지금도 내가 만들어낸 근거 없는 망상에 사로잡혀 있었을지 모른다.

그 후 나는 되도록 짐을 줄여서 마음만 먹으면 언제든지 떠나는 것을 모토로 살고 있다. 생활 속에서 이야기가 만들어지기를 이상으로 하면서.

가마쿠라에서 임시 생활을 한 것도 그런 이유에서였다. 역시 살아보지 않으면 모르는 일이 많이 있다. 관광객으로 흥청거리는 낮의 얼굴과 주민들만 누릴 수 있는 생활의 장이 되는 밤의 얼굴은 전혀 다르다. 밤의 어둠은 살아보지 않으면 모른다. 중요한 것은 직접 피부로 느끼고 몸을 써서 체험하는 것이다.

실은 지금도 이 글을 가마쿠라에서 쓰고 있다. 지난번에는 산이어서 이번에는 바다 근처에 방을 얻었다. 겨우 보름 정도지만 내게는 매일이 발견의 연속이다. 바다를 보면서 계획 없이 살아가는 인생도 즐겁구나, 하고 생각한다.

미사키항의 카페

가마쿠라에서 보낸 주말, 조금 멀리 미사키구치까지 다녀왔다. 가마쿠라에서 미사키구치까지 가는 데 전철을 세 번 갈아탔다. 소풍 가는 기분이었다. 미사키구치에서 또 버스를 타고 미사키항으로 향했다.

버스는 의외로 붐볐다. 공휴일인 데다 어딘가에서 축제가 열리는지, 아무도 없겠지 했던 한심한 기대는 보기 좋게 배신당했다. 그래도 혼잡한 버스 창으로 길가에서 파는 싱싱한 채소를 구경하며 소풍 기분을 만끽했다. 낯선 마을에 가는 일은 언제나 설렌다.

미리 지인에게 들어둔 식당에 갔더니 그곳에도 긴 줄이 서 있었다. 바다에서 불어오는 바람이 차가워서 몇 번이나 포기할 뻔했지만 참고 참아서 드디어 가게로 들어갔다. 붉은 살의 참치회 정식을 먹고 가게를 나왔다.

미사키항에 가보고 싶다고 생각한 것은 한 카페 때문이었다. 버스 정류장 바로 앞에 있는 카페 2층에서 내다보는 광경이 장관이라고 한다.

기대를 안고 계단을 올라가니 창 너머 푸른 하늘이 눈에 확 들어왔다. 바다가 웃고 있는 것처럼 반짝반짝 빛났다.

카페오레와 딸기 타르트를 입에 넣으며 가마쿠라 역 앞 서점에서 산 책을 읽었다. 바깥은 그렇게 추운데 카페 안은 장작 난로와 햇볕으로 따듯했다. 책을 읽다가 바다를 보고, 또 책을 읽다가 하늘을 보고 너무나 행복한 시간을 보냈다. 혼자이기 때문에 이런 사치스러운 시간을 마음껏 즐길 수 있을지도 모른다. 정신을 차리고 보니 어느새 오후 4시가 되었다.

밤에는 친구들과 함께 지가사키까지 보름달을 보러 갔다. 보름달이 뜨는 밤에만 열리는 특별한 가게가 있는데, 보름달이 뜨면 모닥불을 둘러싸고 몸을 따듯하게 하며 달을 찬양한다고 한다. 손님은 대부분 지역 사람으로 다들 자전거를 타거나 걸어서 왔다. 이런 곳이 가까이에 있다니 부러울 따름이다.

일단은 맛있는 요리로 위를 채우고 난 다음, 와인을 한 손에 들고 모닥불 쪽으로 이동했다. 어찌나 아름답던지. 넓디넓은 하늘에 뜬 달님 속에는 떡방아를 찧는 토끼 모습이 또렷이 나타났다.

초저녁에는 가랑눈이 날리는 추운 날이었지만 모닥불 덕분에 추위는 그다지 느끼지 못했다. 시간이 흐르고 모닥불 불꽃이 꺼지기 시작하자 지면에서는 숯불이 빨간빛을 발했다. 마침 그 모양이 동그래서 하늘에도 보름달, 땅에도 새빨간 보름달이 뜬 것처럼 보였다. 불을 보고 있으면 어째서 마음이 평온해질까.

달빛을 받으면서 마시는 와인은 각별했다. 차고 기우는 달과 함께 살아갈 수 있다면 사람은 더 행복해질 수 있을지 모른다.

가키타가와강

강을 좋아한다. 필명을 지을 때도 이름에 내천자를 넣고 싶었다. 큰 강보다 작은 강에 친근감이 느껴져서 작은 강小川으로 지었다. 아주 단순한 이유다.

지금 사는 곳도 강이 결정타였다. 줄곧 강가에 살고 싶다고 생각했다. 강을 보고 있으면 마음이 차분해진다. 물이 흐르는 것만으로도 정화 작용이 되는 것 같다.

돌이켜 생각해 보면 센다이에 살던 할머니 집은 그야말로 강 바로 옆이었다. 히로세가와라는 큰 강으로 집에 있어도 끊임없이 물 흐르는 소리가 들렸다.

밤에 잠들 때 눈을 감으면 졸졸졸 소리가 들려서 마치 자장가 같았다. 아침에 일어나서 제일 먼저 귀에 들어오는 것도 역시 강물의 속삭임이었다.

그런 기억이 내가 강을 좋아하게 만들었을까. 어른이 되어서도 무의식적으로 강을 찾고 있다.

다만 내가 좋아하는 것은 인위적으로 공사를 하지 않은 자연스러운 강이다. 콘크리트로 보강된 강이 아니라 자연 그대로 해안가에는 풀이 마구 자라고, 지형에 따라 구불구불 흐르는 강 말이다. 그러나 일본에서 그런 강을 찾기는 상당히 어렵다. 우리 집 옆을 흐르는 강도 당연히 공사를 했다.

자연스러운 강을 보고 싶어서 가키타가와강을 찾았다. 시즈오카현을 흐르는 가키타가와강은 일본에서도 가장 아름다운 강 중 하나다. 미시마에서 노선버스를 타고 우메다 공원으로 향했다.

이 강은 후지산에 내린 비나 눈이 녹은 물을 수원으로 쓴다고 한다. 지하 깊이 침투한 것이 약 사반세기를 지나 지상으로 올라온다. 강에는 몇 군데나 와키마라고 불리는 수원이 있고, 그곳에서 졸졸 끊임없이 물이 올라온다. 그 모습은 마치 해파리가 우아하게 춤을 추는 것 같다.

용수량은 하루에만 백만 세제곱미터에 이른다고 한다. 물은 무서울 정도로 투명하여 전망대에서 들여다보니 파랑과 초록으로 보였다.

나는 몇 번이나 심호흡을 했다. 눈을 감고 몸에 고인 나쁜 것을 전부 토해내고 맑은 공기를 몸속 구석구석까지 받아들였다. 천천히 눈을 뜨니 강 주변에는 식물이 우거지고 새들이 놀고 있었다.

항상 물처럼 산다면, 하고 생각한다. 수증기가 되기도 하고 차가운 물이 되기도 하고 뜨거운 물이 되기도 하고 얼음이 되기도 하며 그 자리의 환경에 적응하지만 절대 없어지지 않는다. 계속 변화하면서 모든 생명을 지탱하는 물은 얼마나 훌륭한가.

돌아오는 길에 용수를 양손으로 떠서 먹어보았다. 뭐라 표현할 수 없을 만큼 맛있는 물이었다. 엄청나게 차가울 줄 알았더니 그렇지도 않았다. 부드럽기도 하고 달달하기도 하고, 마치 지구에서 나온 천연의 즙을 먹는 것 같았다.

구주쿠리에 사는
동지

촬영기사로 일하고 있는 친구가 구주쿠리로 작업장을 옮겼다고 해서 1박 2일로 만나러 다녀왔다. 그녀는 몇 년 전부터 서핑에 빠져 있더니 급기야 바다 옆에다 집을 얻었다. 하라주쿠에 있는 암실도 구주쿠리로 옮기고 지금은 도쿄에 있는 자택과 구주쿠리를 오가며 살고 있다. 오랜만에 그녀를 만났다.

나도 늘 자유롭게 살고 싶다고 생각하지만 그녀만큼 바로 실행에 옮기는 사람을 본 적이 없다. 그녀는 마음 내키면 바로 여행을 떠난다. 구주쿠리에 집을 얻은 것도 촬영으로 갔을 때 마을 분위기가 마음에 들어서였다. 그날 바로 부동산에 가서 물건을 둘러보고 다음 날 계약했다고 한다.

남편은 좀 힘들겠지만, 한 번뿐인 인생 하고 싶은 일 하며 후회 없이 살고 싶다는 뜻을 꿋꿋이 관철하는 그녀를 보며 언제나 많이 배운다. 자기 일도 열심히 하는 그녀는 내가 존경하는 사람이다.

역까지 마중 나온 그녀는 여전히 건강해 보였다. 몇 년 만에 만났지만 시간의 공백이 느껴지지 않는다. 금세 둘이 있던 시간의 흐름으로 돌아갈 수 있다.

그녀는 내 여행 친구다. 가장 오래 함께 있었던 것은 여름의 몽골로, 3주일 정도 우리는 몽골의 게르에서 공동생활을 했다.

지금 돌이켜봐도 가혹한 여행이었지만 나를 씩씩하게 성장시켜 주기도 했다. 만약 그녀가 함께하지 않았더라면 틀림없이 중간에 울며 돌아왔을 것이다. 게르에 살던 때 나는 매일 밤 내일은 돌아가야지, 내일은 돌아가야지, 생각하며 울상을 지었으니.

지금이니 웃으며 얘기하지만 그때는 정말로 고통스러웠다. 채소가 조금도 없는 아침, 점심, 저녁과 고기뿐인 식사에 몸이 비명을 질렀고, 게르의 흙바닥에 놓인 찌그러진 침대에도 도저히 익숙해질 수가 없었다.

하루 중 유일한 즐거움이라면 근처 온천에 있는 에스테틱에서 온몸에 진흙을 바르고 몸을 쉬는 것이었다. 다만 에스테틱이라고 하니 그럴듯하게 들리지만 현실은 판잣집에서 그 주변에 있는 진흙을 바르는 것이었다.

말을 타다가 떨어지고, 인터넷도 안 되고, 마음대로 되는 일이 없는 날의 연속이었다. 밤에 추워서 장작 난로에 불을 붙이고 싶은데 아무리 성냥을 그어도 불은 붙지 않고, 불도 붙이지 못하는 나 자신이 한심했다.

그녀가 구주쿠리에 얻은 집은 게르를 연상시키는 구조였다. 밤에는 풍로에 불을 피워서 근처 생선 가게에서 사 온 붕장어나 꼬치고기를 구워 먹었다. 우리는 청주를 홀짝홀짝 마시면서 많은 얘기를 나누었다. 나는 내 맘대로 그녀를 인생의 동지라고 생각하고 있다.

자, 출발

아침에 문화냄비로 밥을 지었다. 냉장고에 자반연어와 다시마 조림이 남아 있어서 주먹밥을 만들었다. 다음에 이 주방에서 밥을 짓는 일은 아마 반년 뒤가 될 것 같다.

빨래를 널고 환풍기를 돌리고 이불을 갰다. 문단속을 확인한다. 베를린에 벌써 몇 번째 가는지 모르겠지만 이번 출발은 평소와 조금 의미가 다르다. 마지막에 한 번 더 잊은 물건이 없는지 확인하고 남편과 유리네와 집을 나왔다.

주먹밥은 러시아 상공에서 먹었다. 모든 것이 무미건조한 비행기에서 먹는 주먹밥은 내가 살아 있는 사람임을 떠올리게 한다. 역시 주먹밥을 가져오길 잘했다.

헬싱키에서 비행기를 갈아타고 베를린으로. 베를린행 비행기를 기다리는 탑승구에 가니 마음이 편해졌다. 이곳에 있는 사람들 모두 베를린에 내린다고 생각하니 묘한 친근감이 들었다.

탑승구에서 버스를 타고 비행기까지 이동할 때, 개를 데리고 있으니 빨간 다운재킷을 입은 젊은 여성이 자리를 양보해 주었다. 빙그레 웃으며 고맙다는 인사를 했다. 독일어를 전혀 못하니 미소만은 끊이지 않도록 한다.

언젠가 여행자로서가 아니라 제대로 베를린에 뿌리를 내리고 살아보고 싶다고 생각했다. 그러나 베를린은 지금 엄청난 주택난으로 집을 얻는 게 힘들다고 한다. 월세가 폭등하여 좋은 물건이 나오면 백 건이고 2백 건이고 희망자가 밀려들어서 주거지를 찾는 것이 거의 불가능한 상태다.

그래서 반쯤 포기하고 있었는데 때마침 친구가 임대하고 있던 아파트를 비우게 된 것이다. 절호의 찬스, 우리가 그 아파트에 들어가기로 했다. 이 얼마나 행운인가.

친구가 냉장고와 세탁기, 의자, 테이블, 침대, 그릇 등 최소한의 것을 남겨두고 간 덕분에 약간 불편하긴 하지만 첫날부터 바로 생활이 가능했다. 지금까지는 임대를 전전하는 생활이었다. 여름 한 철 동안 세 번이나 이사를 한 적도 있다. 그게 가장 스트레스였다. 하지만 이번에는 내 집이어서 안정감 있게 살 수 있다. 그 안도감은 상상을 초월했다.

인생은 스고로쿠(주사위를 던져서 나온 수에 따라 말을 전진시키는 보드게임—옮긴이) 같다고 생각한다. 저기까지 말을 전진해 나가야만 보이는 풍경이 있지 않을까.

베를린에 빠진 순간

3월에 베를린에 도착했을 때는 아직 도시 전체가 잿빛으로 무거운 겨울 분위기를 끌고 있었다. 공원의 나무들도, 아파트 중정의 나무들도 벌거벗어서 춥디추운 모습이었다. 그런데 어느 날 문득 보니 아파트 앞 공원이 초록으로 가득해졌다.

내가 사는 곳은 알트바우라고 하는 오래된 아파트로 엘리베이터 없는 3층이다. 무거운 짐을 들고 계단을 오르내리기 너무 힘들다. 밖에서 술을 마시고 돌아올 때마다 엘리베이터가 있으면 얼마나 편할까, 생각하기도 한다. 그래도 이 아파트에 살고 싶다고 생각한 것은 눈앞에 공원이 있고 창으로 보이는 풍경이 상쾌해서다. 필사적으로 계단을 올라와서 집에 도착하여 창밖으로 기쁜 듯이 흔들리는 나무들을 보면 피로도 날아가 버린다.

지금도 또렷한 '베를린에 빠진 순간'이라고 부르는 기억이 있다. 9년 전 처음 베를린에 왔을 때로, 시간은 초저녁 무렵이었다. 그날 취재를 마치고 어느 가게에서 가볍게 식사를 하고 쉬고 있었다. 같이 있었던 사람은 코디네이터와 편집자, 그리고 촬영기사. 장소는 터키 요리가 나오는 작은 가게로 실내는 조금 어두컴컴했다.

무엇을 먹었는지는 기억나지 않지만 식사를 한 뒤 멍하니 가게 앞 거리를 바라보던 건 기억난다. 거리는 완만하게 경사가 졌고 거리 너머에는 공원이 있었다. 그 언덕길을 어떤 여성이 자전거를 타고 경쾌하게 내려왔다. 바람에 스커트 자락이 날리며 양손으로 핸들을 꽉 잡고 정면을 향하고 있었다. 정말로 신나는 표정이었다. 그야말로 살아 있음을 온몸으로 기뻐하는 듯한, 아름다운 웃는 얼굴이었다. 경쾌하게 자전거를 타고 지나가는 여성을 본 순간, 나는 베를린에 빠지게 된 것이다.

줄곧 그곳이 어딘지 모르고 있었다. 그때는 베를린에 관한 지식이 전혀 없는 것과 다름없어서 내가 어느 지역에 있는지도 알지 못했다.

그런데 요전에 어학원 수업을 마치고 간단히 점심 식사를 하려고 아파트 1층에 있는 터키 음식점에 들어간 순간 긴 세월의 수수께끼가 풀렸다. 아무리 등잔 밑이 어둡다지만 세상에, 내가 9년 전 베를린에 사랑에 빠진 장소는 지금 살고 있는 아파트 1층에 있는 가게였다. 나는 지금 베를린과 처음 사랑에 빠졌던 곳과 같은 아파트에 살고 있는 것이다.

이런 우연이 있다니. 아무리 베를린이 작은 도시라고 해도 이렇게까지 핀 포인트가 겹치는 일은 기적에 가깝다. 나와 정말로 인연이 깊은 곳인 게다.

캐서린의 편지

우편함을 들여다보니 편지가 한 통 와 있다. 우편물 대부분은 청구서여서 손으로 쓴 글씨를 보기만 해도 마음이 평온해진다.

화지처럼 촉감이 부드러운 지질의 봉투에 하트가 그려진 우표가 두 장 붙어 있었다. 받는 사람 글씨만 봐서는 누구에게 온 편지인지 알 수 없었다.

뒤집어 보니 보낸 사람 주소와 이름이 적힌 스티커가 붙어 있다. 캐서린에게서 온 편지다. 캐서린은 스위스에 산다. 내게는 최고령 친구다.

캐서린과의 만남은 지금 생각해도 신

기하다. 장소는 남인도의 어느 호텔, 그것도 수영장 옆에 있는 자쿠지에서였다. 나는 친구들과 아유르베다(산스크리트어로 생활을 뜻하는 '아유스aayus'와 과학, 진리, 학문을 뜻하는 '베다veda'의 합성어로, 고대 인도 문명에 기원하는 전통 치료법—옮긴이) 마사지를 받는 것이 목적이어서 그 호텔에 머물고 있었고, 그날 오후에도 수영장에서 물놀이를 즐겼다.

몸이 좀 서늘해져서 따뜻하게 하려고 자쿠지에 갔더니 그곳에 캐서린이 있었다. 아름다운 백발의 단발머리에 선글라스를 끼고 화려한 수영복을 입은 모습이었다. 캐서린이 먼저 말을 걸어와 우리는 자연스럽게 대화를 나누었다.

그러다 캐서린이 갑자기 울음을 터트렸다. 무슨 일인지 이유를 물었더니 세상에, 몇 주일 전에 오랜 세월 함께해 온 남편을 잃었다고 했다. 인도에 온 것은 남편이 세상을 떠났다는 현실을 받아들이고 몸과 마음을 치유하기 위해서라고. 사실은 친구도 같이 올 예정이었지만 직전에 오지 못하게 되어서 혼자 호텔에 머물고 있었다.

그녀는 지금까지 너무 외로웠다고 울면서 말했다. 자쿠지

안에서 나도 같이 울었다. 세상을 떠난 남편이 나와 캐서린을 만나게 해준 것 같았다.

그 후로 캐서린과 함께 요가도 하고 식사도 하고 수영장에서 만날 약속을 하기도 했다. 캐서린은 아흔 살이라고는 생각할 수 없을 정도로 호기심 왕성하고 귀여워서 나는 캐서린을 아주 좋아하게 되었다.

그리고 다음 달, 마침 스위스에서 일이 있었던 나는 로잔에서 캐서린과 재회했다. 캐서린은 나를 자택으로 초대해서 점심을 대접해 주었다. 집 여기저기에 남편과의 추억이 가득해서 마치 집 자체가 캐서린의 보물 상자 같았다.

캐서린을 만난 것은 남인도 호텔에서 한 번, 캐서린의 자택에서 한 번, 단 두 번뿐이지만 내게 너무나 소중한 친구다. 나는 캐서린이 진심으로 사랑스럽다.

편지 속 캐서린의 글씨는 전과 다른 느낌이었다. 아마 컨디션이 좋을 때 내 생각을 하면서 정성껏 써주었을 것이다.

걸림돌

동네를 어슬렁어슬렁 걷다 보면 곧잘 보도에 네모난 금색 동판이 보인다. 몇 번이나 보다 보니 이제는 완전히 익숙해졌는데 이것은 걸림돌stolperstein이라고 하는 것이다.

동판은 가로세로 10센티미터 정도로, 표면에는 나치 정권에 의해 희생된 사람들의 이름과 태어난 해, 사망한 해, 사망한 곳이 기록되어 있다. 동판은 희생자들이 살았던 아파트 앞 보도나 실종된 장소에 묻혀 있다. 때로는 여러 명의 동판들이 한꺼번에 나란히 있을 때도 있다.

쾰른에 사는 예술가 귄터 뎀니히가 시작한 이 걸림돌 프로젝트는 베를린뿐만이 아니라 지금은 다른 유럽 국가에도 퍼져 있다. 외출할 때마다 걸림돌을 보지 못한 적이 없다. 그때마다 전쟁이 뇌리를 스친다. 동판은 그곳에 한 사람 한 사람의 인생이 있었음을 거칠지 않게 조용히 얘기하고 있다.

걸림돌과 함께 전쟁 가해자라는 사실을 잊지 않기 위한 존재로서 역할을 다하는 것이 '학살당한 유럽 유태인을 위한 기념비'다. 2만 제곱미터 정도의 광장에는 높이가 제각기 다른 2,711명의 기념비가 서 있고, 사람들은 그 사이를 자유롭게 이동한다.

나도 몇 번인가 이 기념비를 찾은 적이 있다. 일단은 기념비를 만든 장소에 독일인의 강한 의지를 느낀다. 그곳은 나라의 중심지, 일본으로 비유하자면 긴자 같은 곳이다. 바로 근처에는 브란덴부르크 문이 있고 국회의사당도 코앞에 있다.

외면하고 싶은 사실을 굳이 나라의 중심지에 만들었다는 데 범상치 않은 각오를 느낀다. 미래에도 영원토록 자신들이 저지른 죄를 이야기하겠다는 의사표시를 하는 것이다.

이렇게 독일에서 살다 보면 전쟁이 있었다는 사실을 떠올리는 행위조차 필요 없다. 전쟁 기록과 기억은 항상 일상 속에 보이는 곳에 있어서 잠깐이라도 잊어버릴 틈이 없다. 잊지 않았기 때문에 떠올린다는 행위도 존재하지 않는 것이다.

게다가 전쟁 가해자뿐만 아니라 피해자로서의 사실도 역시 성실하게 남아 있다. 크리스마스 마켓에서 비교적 가까운 카이저빌헬름 기념 교회가 그렇다. 전쟁에 폭격당한 당시의 모습 그대로 남아 있다. 고통스러운 과거를 가리는 게 아니라, 자신들의 평화를 위해 굳이 직시한다. 그렇기 때문에 독일인은 당당히 가슴을 펴고 자신들의 의견을 말할 수 있는지도 모른다.

무엇이든 남겨두는 독일과 물에 흘려버리는 문화의 일본. 정말로 대조적이다.

상중 엽서

상중 엽서가 오기 시작하니 슬슬 연말인 게 실감난다. 상중 엽서의 내용은 대체로 정해져 있어서 "상중이어서 연하장을 주고받지 못합니다"라는 것이 일반적이다. 그리고 누가 언제 몇 살에 돌아가셨는지 쓰고 생전에 신세를 졌다는 감사 인사로 끝맺는다.

상중 엽서를 보내는 것은 보통 돌아가신 분의 2촌까지지만 명확한 규칙은 없다. 고인과의 관계와 같이 살았는지 여부에 따라서 독자적으로 판단하는 것 같다.

이런 상식을 알고는 있었지만 몇 년 전에 한 통의 상중 엽서를 받고 깜짝 놀랐다. 웬걸, 고인의 정보를 기록하는 곳에 사람이 아니라 개 이름이 있었다. 그때는 우리 집에 유리네를 데려오기 전이어서 그저 놀랐던 기억만 있다. 솔직히 아무리 그래도 너무한 것 아닌가, 생각했다.

그러나 반려견과 함께 살고 있는 지금은 그 마음을 아프리만치 이해할 것 같다. 아마 나도 유리네가 죽으면 새해 인사를 할 마음이 들지 않을 것이다. 반려동물도 가족의 일원이라고 막연하게 이해는 하고 있었지만 실제로 개와 살아보니 가족도 이런 가족이 없다. 역시 자기가 겪어보지 않으면 모른다.

얼마 전 손글씨 쓰기 교습에서 돌아오는 길에 동료들과 식사를 하는데 이 얘기가 화제로 나왔다. 최근에는 상중 엽서뿐만이 아니라 가족 이외의 문상객을 불러서 반려동물 장례식을 하는 사람도 있다고 한다.

상복은 입고 가는가? 염주도 가져가는가? 조의금은 얼마 정도? 등등 관심이 끊이지 않아 분위기가 한껏 무르익었다.

무지개다리를 건넌 반려동물과 그리 친하지 않은 지인이나 이웃 사람을 부르는 장례식은 좀 과한 것 같다고 웃고 끝났지만, 만약 내가 그 처지가 된다면 장례식을 하지 않을까 하고 내심 웃지 못하는 내가 있었다.

묘에 관해서도 그렇다. 나는 오랫동안 내 묘 따위 필요 없다고 생각했다. 유골은 묘가 아니라 직접 어딘가에 뿌려주었으면 좋겠다고 생각했다. 그러나 개와 함께 지내면서 생각이 바뀌었다. 사랑하는 유리네와 함께 같은 묘에 들어가고 싶어졌다. 나도 놀랐다.

우리 강아지는 두 살이어서 상중 엽서를 쓰려면 아직 멀었다. 그러나 그 순간도 눈 깜짝할 사이에 찾아오겠지. 태어나는 것도, 병드는 것도, 늙는 것도, 죽는 것도 피할 수 없다. 하나 둘 날아오는 상중 엽서를 보면서 그런 생각을 했다.

그리운 기억

어릴 때는 첫눈 온 날 아침이 항상 기다려졌다. 내가 태어나 자란 곳은 야마가타현으로 눈이 많이 오는 지역이다.

그날은 아침에 눈을 뜬 순간 왠지 모르게 느껴진다. 첫눈 예감이랄까. 공기랄까, 눈의 기척이랄까, 그런 것을 느낀다. 전날까지와 달리 왠지 모르게 창문 너머가 밝다. 약간 화사한 눈 냄새가 난다. 그렇다, 눈에도 냄새가 있다.

확실한 예감을 품고 창문을 열면 아니나 다를까 눈앞에 새하얀 세계가 펼쳐져 있다. 어제까지 검은빛과 잿빛이었던 세계가 하룻밤 사이에 아름다운 은빛 세상으로 바뀌었다. 눈은 더러운 것도 추한 것도 모두 말없이 덮어서 감춰준다.

그래서 지금도 눈이 오면 두근거린다. 밤새 세상이 다 바뀐 듯한 아침을 경험하는 일은 좀처럼 없지만 여전히 눈은 내게 다정하고 따스한 존재다. 어릴 때 경험한 첫눈 내린 아침만큼 그리운 기억이 없다.

올겨울에는 베를린에서 오랜만에 그 느낌을 맛볼 수 있지 않을까 은근히 기대하고 있다. 베를린의 겨울은 비가 많이 내리지만 비가 올 거면 차라리 눈이 오는 편이 훨씬 낫다.

베를린에 본격적인 겨울이 찾아오는 것은 11월이다. 11월은 다음 달 크리스마스를 기대하며 그럭저럭 견딘다. 12월은 온 도시에 일루미네이션이 넘쳐나고 크리스마스 마켓이 열리는 즐거움이 있다. 하지만 크리스마스가 끝난 후인 1월과 2월은 즐거워할 일이 없어서 간신히 버틴다. 베를린에 겨우 봄기운이 찾아오는 것은 3월이 시작되고 나서다.

만약 내가 도호쿠 지방의, 그것도 동해 쪽의 겨울을 몰랐더라면 베를린에서 겨울을 보내지 못했을 것이다. 하지만 나는 그 혹독한 겨울을 경험했다. 그리고 혹독한 중에도 첫눈 내린 아침 같은 소소한 즐거움이 있다는 것도 알고 있다.

지금은 일찍 일어나서 새벽을 기다리는 것이 하루의 즐거움이 되었다. 대부분은 흐릿하게 날이 새지만 가끔 정말로 예쁘게 아침노을 진 하늘을 만난다. 그럴 때는 굉장히 득을 본 기분이다.

20~30대를 보낸 도쿄의 겨울은 매일이 파란 하늘이었다. 나는 도쿄의 겨울을 좋아해서 겨울의 파란 하늘이야말로 최고라고 생각했다. 그런데 다시 베를린 같은 묵직한 겨울을 경험하니, 매일 파란 하늘에 당첨되는 것보다 가끔 당첨되는 편이 재미있지 않을까 생각하게 되었다. 당첨이 나올지 꽝이 나올지 몰라야 스릴이 있다.

인생도 마찬가지일 것이다. 베를린의 겨울을 알면 알수록 해에게 감사한 마음과 애틋함이 넘친다.

이야기의 씨

이야기를 쓸 때는 자연스럽게 쓰려고 의식한다.

자연스러움에는 거기에 어울리는 시간의 흐름이 존재한다. 이를테면 씨앗이 뿌리를 내리고 거기서 싹이 트고 꽃을 피우기까지의 시간. 이를테면 장을 담가서 그것이 숙성할 때까지의 시간. 과정을 무시하고 갑자기 내일 꽃을 피우라고 명령하거나 장이 빨리 숙성되라고 할 수는 없다. 그렇게 하기 위해서는 인공적이고 부자연스러운 힘을 가해야 하고, 그것은 자연의 섭리에 반하는 행위가 된다.

내가 글을 쓸 때 의식하는 것은 이야기도 역시 자연의 산물처럼 태어난다는 것이다. 글쓰기도 벼농사처럼 초여름에 모심기를 하고 여름 내내 키워서 가을에 수확하고 겨울에는 논을 쉬게 했다가 또 초여름이 되면 모심기를 한다. 그것이 되풀이된다.

내 경우도 계절별로 큼직하게 1년을 나누어서 큰 흐름으로 집필하고 있다. 처음에는 경계 없이 무턱대고 썼다. 그랬더니 당장은 순발력으로 넘기지만 그다음이 이어지지 않았다. 한 작품을 마친 순간, 철퍼덕 쓰러져서 다음 작품을 쓰기까지 시간이 걸린다. 결과적으로 비효율적이라는 사실을 깨닫고 오히려 느려도 매일 담담하게 쓰는 편이 체력 소모가 적어서 글을 계속 쓸 수 있었다. 내게는 계속해서 쓰는 것이 가장 큰 목표이고, 그러기 위해서는 무리하지 않는 것이 가장 중요하다.

내가 1년 중에 가장 집중해서 쓰는 계절은 겨울이다. 더위에 약해서 겨울이 집중하기 쉽다는 단순한 이유에서다. 봄은 겨울에 쓴 글을 다시 읽고 고치며 편집하는 시기. 여름은 마음껏 쉬면서 밖으로 눈을 돌려 바깥세상의 자극을 온몸으로 받아들인다. 그리고 가을에 작품을 출판하고 또 겨울이 되면 새 작품에 돌입한다. 물론 매번 리듬에 맞게 만들어지는 건 아니지만 대체로 이런 느낌으로 작업한다.

이 흐름은 출산과도 비슷하다. 실제로 이야기를 쓴다는 것은 내 몸속에서 새로운 생명을 키우는 것에 아주 가깝다. 나는 출산 경험은 없지만 이야기를 쓰는 것으로 유사 체험을 하고 있다. 이야기를 쓰는 동안은 내 아이를 잉태하고 있는 것과 같은 느낌. 처음에는 있는지 없는지도 몰랐던 작은 존재가 날이 갈수록 조금씩 성장하여 이윽고 내 몸을 떠나간다. 그리고 또 새로운 이야깃거리를 키우는 일이 반복된다.

작품이 내 자식이니 그 작품이 영상화된 것은 내게 손자 같은 존재다. 외국에서 번역되는 것은 대리모에게 부탁해서 내 아이를 낳은 것. 출산을 옆에서 지켜보는 편집자는 든든한 조산사다.

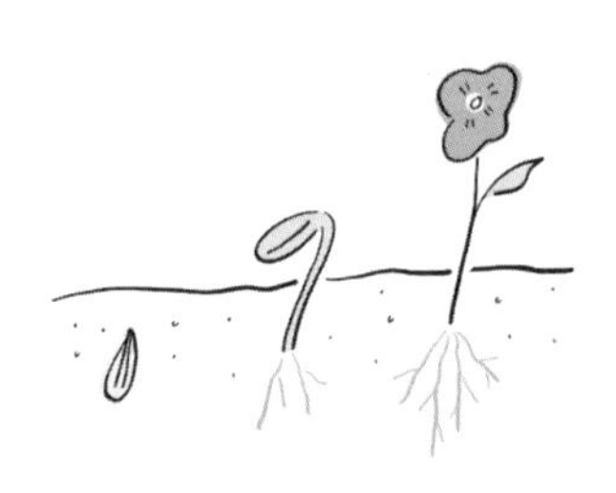

정곡

작년 가을에 신간 두 권이 거의 동시에 출간되어 거기에 맞춰 사인회를 했다.

평소 독자들과 직접 만날 기회가 거의 없다 보니 사인회라는 형태로 한 사람 한 사람과 말을 나누는 것은 더할 수 없이 행복한 일이다.

작품을 쓸 때는 항상 어떤 내용이든 내 책이 독자들에게 넓은 의미로 실용서이길 바란다. 기껏 인생의 일부를 할애해서 글을 읽어주었으니 뭐라도 독자들의 인생에 도움이 되는 책이고 싶다. 가능하면 독자들의 책장에 있다가, 무슨 일이 있을 때 문득 페이지를 넘기고 싶어지는 책이 되었으면 싶다.

교토에서 열린 사인회에서 아홉 살짜리 여자 어린이 독자가 편지를 가져왔다.

"이토 씨 책에는 힘든 상황에 있는 주인공이 다시 일어서는 이야기가 많습니다. 왜 그런가요?"

다음 날 아침 읽어본 편지에는 그런 글이 쓰여 있었다. 만년필로 썼다는 그 글씨는 어른 뺨치게 가지런했다.

확실히 정곡을 찌른 말이다. 의식해서 쓴 건 아니지만 결과적으로 항상 갱생하는 얘기를 쓰고 있다. 어쩌면 나 자신이 그렇기 때문일지도 모른다. 이야기를 다 읽고 책을 덮었을 때 독자가 밝은 빛을 느꼈으면 좋겠다. 인생에 이런저런 일이 있지만 뭐, 어떻게든 되겠지. 그런 목소리가 들리는 작품이었으면 좋겠다.

인생에는 생각지도 못한 곳에서 자신이 선택한 일도 아닌데 엄청나게 힘든 일이나 고통스러운 일, 받아들이기 어려운 일, 뜻대로 되지 않는 일이 일어난다. 겉으로는 여유로워 보여도 남들 모르게 물속에서는 다리를 파닥거린다. 그렇게 피할 수 없는 인생의 재난을 당했을 때 어둠의 세계에 삼켜져 절망할 수도, 희망을 잃지 않고 빛으로 향할 수도 있다.

나는 그럴 때야말로 설령 희미하고 아득한 빛이어도 밝은 쪽으로 나아가고 싶다. 그리고 내 작품이 독자들에게 그런 응원을 하는 존재가 될 수 있기를 꿈꾼다. 식물이 빛을 향해 싹을 틔우는 것처럼 밝은 쪽을 향해 마음을 움직이는 힘은 살아가는 데 아주 소중하지 않을까.

고통스러울 때야말로 호탕하게 웃을 것. 그러면 더 고통스러운 경험을 한 사람에게 희망이 된다. 현 상황을 한탄하며 눈물을 흘려도 아무것도 해결되지 않는다. 그러나 밝고 씩씩하게 하루하루를 낙관적으로 보낸다면 내 인생이 결코 어둠뿐인 세계로 이루어진 게 아니라는 사실을 깨닫게 된다.

나는 이야기를 통해 그런 말을 독자에게 전하고 싶은 것이리라.

아주 약간의 여유

베를린에서 산 지도 슬슬 1년이 되어간다. 나뭇잎이 바람에 팔랑팔랑 날리듯이 될 대로 되라, 하고 베를린에 왔다. 일본과 독일을 오가며 그때그때 살기 편한 곳에서 살기로 했지만 지난 1년은 대부분 베를린에서 보냈다.

일본 집도 그냥 두어서 언제든 돌아갈 수 있다는 든든함이 좋았는지도 모른다. 정말로 돌아가고 싶으면 내일이라도 돌아갈 수 있다. 그래서 베를린으로 이주했냐는 말을 들으면 머리칼이 흐트러지도록 부정한다. 언제까지 베를린에 있을지도 정하지 않았다. 일단 독일이 싫어질 때까지라는 막연한 생각은 하고 있지만 앞으로 세상이 어떤 상황이 될지도 모르고, 개인적인 사정으로 왔다 갔다 할 수 없어질지도 모른다. 불확실한 일뿐이어서 역시 바람에 몸을 맡긴다.

그래도 지난 1년, 하루하루의 생활은 충실했다. 베를린에서는 날마다의 생활 그 자체를 즐겼다. 바꿔 말하면 땅에 발을 붙이고 살고 있다는 실감을 할 수 있었다. 무턱대고 소비를 재촉하는 현실에서 해방되어 매일 하늘을 올려다볼 여유가 생겼다.

일본과 독일, 무엇이 다른가 생각하다 나름대로 찾아낸 답은 여유였다. 그 차이가 엄청나게 크지는 않지만 독일이 일본보다 아주 조금 마음에 여유가 있다.

독일에서는 모든 국민이 건강보험에 가입할 의무가 있어서 의료비가 들지 않는다. 그래서 큰 병에 걸려 입원해도 자기 부담은 거의 발생하지 않는다. 아이를 출산하는 데도 돈이 들지 않고 산후조리도 보험으로 처리된다. 게다가 대학까지 무상교육이다. 요컨대 하루하루의 생활비만 확보하면 많은 지출이 없다. 여분의 돈으로는 여행을 다닐 수 있다.

당연한 얘기지만 사회보장을 충실하게 하려면 세금이 비싸진다. 하지만 세금이 제대로 자신들에게 돌아온다는 걸 실감

할 수 있는 시스템이 구축되어 있어서 비싸도 납득이 된다. 정치 역시 국민 생활의 연장선상에 있다. 물론 독일에도 문제는 많이 있겠지만 독일인의 주권자 의식은 배워야 할 점이라고 생각한다.

요전에 빨간 신호 앞에서 기다리고 있는데 도로 반대쪽에서 자전거를 세우고 기다리는 여성과 눈이 마주쳤다. 고급스럽지는 않지만 자기한테 잘 어울리는 옷을 입은 그녀의 자태가 너무 멋있어서 나도 모르게 그만 넋을 잃고 보았다. 우리는 서로 빙그레 웃고 스쳐 지났다.

아주 약간의 여유란 예를 들면 그런 것이다.

작가의 말

요전에 문득 부처님 얼굴을 보다가 눈빛이 정말 자상하다는 사실을 깨달았습니다. 이렇게 평온한 표정을 짓고 있었던가, 생각했습니다만 그건 아마 부처님 표정이 달라진 게 아니라 내 마음의 변화가 그렇게 느끼게 했을 거라고 생각합니다.

마이니치 신문 일요판에 매주 에세이 연재를 의뢰받았을 때 솔직히 무거운 짐으로 느껴졌습니다. 에세이는 에세이스트가 써야 한다고 생각했고, 내 일상은 무덤덤하여 딱히 쓸 만한 얘깃거리도 별로 없기 때문입니다.

엄마 이야기를 쓴 것도 그것밖에 쓸 게 없는 상황에서 어쩔 수 없이 쓴 면도 있습니다. 하지만 결과적으로는 과거의 나와 마주하고 받아들이고 무언가를 청산할 수 있었습니다.

이 책에서 내 속의 바늘과 실(이 책의 원제는 《針と糸(바늘과 실)》이다—옮긴이)을 감추지 않고 드러냈습니다. 이야기를 엮는 것은 한 땀 한 땀 바느질하는 것과 비슷합니다. 말로 남는 것은 실입니다만, 실만으로는 무언가를 남길 수 없습니다. 실은 바늘의 힘을 빌려야만 자신의 역할을 다할 수 있지요.

바늘도 역시 바늘만으로 존재하면 거의 도움되는 일이 없죠. 그 작은 구멍에 실을 끼워서 같이 천을 만나야 실력을 발휘할 수 있습니다. 바늘과 실은 서로가 서로를 필요로 하는 존재입니다.

그래서 바늘만으로도 실만으로도 나는 이야기를 쓸 수가 없습니다. 내게는 바늘도 실도 둘 다 없어서는 안 될 작업 도

구입니다. 앞으로도 둘 다 소중하게 갖고 다닐 겁니다.

이 책이 독자 여러분들의 인생에 조금이라도 도움이 되기를 바랍니다.

2018년 가을, 아침놀이 진 아름다운 하늘을 보면서

오가와 이토

옮긴이 **권남희** 일본 문학 전문 번역가. 지은 책으로《번역에 살고 죽고》,《귀찮지만 행복해 볼까》가 있으며 옮긴 책으로《달팽이 식당》,《카모메 식당》,《시드니!》,《애도하는 사람》,《빵가게 재습격》,《반딧불이》,《샐러드를 좋아하는 사자》,《저녁 무렵에 면도하기》,《평범한 나의 느긋한 작가생활》,《종이달》,《배를 엮다》,《누구》,《후와 후와》,《츠바키 문구점》,《반짝반짝 공화국》 외에 280여 권이 있다.

인생은 불확실한 일뿐이에서

2020년 6월 16일 초판 1쇄 인쇄
2020년 6월 26일 초판 1쇄 발행

지은이 | 오가와 이토
옮긴이 | 권남희
발행인 | 윤호권 박헌용
책임편집 | 조예원
마케팅 | 조용호 정재영 이재성 임슬기 문무현 서영광 이영섭 박보영

발행처 | (주)시공사
출판등록 | 1989년 5월 10일(제3-248호)

주소 | 서울시 서초구 사임당로82(우편번호 06641)
전화 | 편집 (02)2046-2869·마케팅 (02)2046-2883
팩스 | 편집·마케팅 (02)585-1755
홈페이지 | www.sigongsa.com

ISBN 978-89-527-7328-9 03830

이 도서의 국립중앙도서관 출판예정도서목록(CIP)은 서지정보유통지원시스템 홈페이지(http://seoji.nl.go.kr)와 국가자료종합목록 구축시스템(http://kolis-net.nl.go.kr)에서 이용하실 수 있습니다. (CIP제어번호 : CIP2020015812)